光文社文庫

文庫書下ろし／長編時代小説

神君の遺品

目付 鷹垣隼人正 裏録㈠

上田秀人

光 文 社

この作品は光文社文庫のために書下ろされました。

目次

『神君の遺品──目付 鷹垣隼人正 裏録㈠』の主な登場人物

鷹垣　暁（たかがき あきら）……目付。六百石取りの旗本。林羅山の私塾先聖殿で首席をとり、綱吉の目にとまり、目付となる。学問はできるが、剣術はからきし。

鷹垣　知（とも）……暁の妻。御家人五百旗平太郎の妹。

五百旗平太郎（いおき へいたろう）……暁の友人。無役。田宮流抜刀術免許皆伝。

徳川綱吉（とくがわ つなよし）……五代将軍。生類憐れみの令を発布。

春日局（かすがのつぼね）……家光の乳母。斎藤内蔵助の娘。三代将軍家光の四男。

堀田正俊（ほった まさとし）……大老。春日局の養子。父は家光に殉死した正盛。

稲葉正休（いなば まさやす）……若年寄。従兄弟にあたる堀田正俊を、御用部屋付近で刺し殺す。

南光坊天海（なんこうぼう てんかい）……比叡山の僧侶。家康の謀臣。前半生が謎に包まれている。

柿谷多門（かきたに たもん）……徒目付。隠密も兼ねる。

徳川綱豊（とくがわ つなとよ）……甲府藩主。

山口主計（やまぐち かずえ）……甲府藩江戸留守居役。

お　伝（でん）……綱吉の側室。黒鍬者小屋権兵衛の娘。

林　鳳岡（はやし ほうこう）……上野忍岡の私塾先聖殿の三代目。

慈泉阿闍梨（じせん あじゃり）……徳川の闇を守る僧兵（震撼坊・天蓋坊）を支配する。

服部三左（はっとり さんざ）……伊賀者組頭。

第一章　礼律の番

一

「目付《めつけ》に云付る」

江戸城黒書院下段縁頬《えんきよう》側で平伏していた鷹垣暁《たかがきあきら》は、耳を疑った。

「念を入れて勤めい」

甲高い声が続いてかけられた。

「……鷹垣、鷹垣」

敷居ぎわに控えていた奏者番西尾隠岐守《おきのかみ》が、小声で返答を急《せ》かした。

奏者番は、将軍へ人物音物《いんもつ》などの披露目をおこなう役目である。譜代大名から選ばれ、奏者番から寺社奉行、若年寄《わかどしより》、老中《ろうじゆう》へと出世していく。殿中の儀礼はもちろん、目見えする大名旗本の先祖履歴すべてを把握していなければならず、家柄もよく優秀な者でなければつとまらなかった。

「謹んでお受けいたしまする」

暁は、畳に額を押しつけた。

「うむ。鷹垣、面《おもて》をあげよ」

「はっ」

殿中儀礼では、三度声をかけられるまで顔をあげてはいけない。しかし、緊張していた暁は、一度目で上座を見あげてしまった。

下段の間からはるか遠い上段の間の奥に座る五代将軍綱吉《つなよし》と目があった。

「これっ。鷹垣」

西尾隠岐守が、叱った。

「隠岐、とがめるな」

笑いながら綱吉が、なだめた。

「しかし……」

「よい。躬《み》が許す」

「おそれいりまする」

綱吉の言葉に、西尾隠岐守が引いた。将軍が認めてしまったのだ、それ以上言いつのるのは不興を買いかねなかった。

「鷹垣」

「はっ」

己の失敗を悟った暁は、いっそう身体を硬くした。

「林鳳岡《はやしほうこう》のもとで筆頭をとったそうだの」

「………」

一瞬、暁はなにを言われたのか理解できなかった。

「林家の私塾で、筆頭の成績をあげたのではないか」

西尾隠岐守がささやいた。

「お耳に届き、おそれいりまする」

ようやく暁は、己が目付に推された理由を納得した。

目付は、幕府において重い役目であった。

役料五百俵、若年寄支配で、主として旗本御家人の非違を糺《ただ》すが、政務の監察、殿中儀礼の指揮監督もおこなった。同役はもちろんのこと、上司である若年寄、大目付を告発することもあった。とくに政《まつりごと》に疑義ある場合は、老中をとびこえて直接将軍へ意見を具申することも許されるほどの権をもっていた。

また、儀礼三千ともいわれる殿中細則につうじているだけではなく、実践できなければならないため、いくつかの役目を歴任した経験豊かな旗本が選ばれた。

そこに若い暁が加えられた理由こそ、学問のできであった。

役目柄、峻厳《しゅんげん》実直清廉《せいれん》潔白でなければならず、勤めあげれば、遠国《おんごく》奉行や小姓組頭などへ転じていく旗本垂涎《すいぜん》の的であった。

「名のりを隼人正《はやとのしょう》といたせ」

綱吉が告げた。

目付は布衣《ほい》格を与えられた。布衣格は従六位に相当する。本来官名は、布衣格以上を与えられた者の希望に沿う。それを綱吉が与えた。これも異例であった。

「かたじけなき」

驚きながら、暁は受けた。

「四書五経にある聖人の教え、忘れるな」

「肝に銘じまして」

暁は、ふたたび畳に額を押しつけた。

「上様、ご退出」

大きく西尾隠岐守が声をはりあげた。

衣擦《きぬず》れの音が聞こえなくなっても、暁は頭をさげていた。

「鷹垣、もうよいぞ」

西尾隠岐守の許しが出た。

「上様より親しくお声をおかけいただくなど、初めてであろうゆえ、この度は咎《とが》めだていたさぬが、いささか礼に欠けておった」

小言の一つも口にしなければ、西尾隠岐守もおさまらないのだろう、厳しい表情で暁を譴責《けんせき》した。

「申しわけございませぬ。お言葉をたまわるなど、あまりに光栄すぎ、つい」

小さな声で暁は詫《わ》びた。

「まあ、家督を相続したばかり、そのうえ初めてのお役が目付では、驚くのも無理はないが……以後注意いたせ。叱《しか》られる立場から、取り締まる役目へ変わるのだ。貴殿が儀礼を破ってはしめしがつかぬ」

「はい」

暁はしっかりと首肯した。

慶事は午前中にが幕府の慣例である。

綱吉への目通りをすませた暁が、元飯田町堀留突きあたりの屋敷へ戻ったのは、まだ昼前であった。

「お戻りでございまする」

門前に出ていた中間《ちゅうげん》の八衛門《やえもん》が、暁の姿をめざとく見つけて声をあげた。

大きく門は開かれ、まえに水が打たれていた。初春の日差しが濡れた石畳を光らせるなか、暁は玄関へ着いた。

「帰った」

「お帰りなさいませ」

玄関式台に三つ指をそろえて、妻知《とも》が出迎えた。

「お役を命じられた」

腰から両刀を抜いて、渡しながら暁は報告した。

「おめでとうございまする」

受けとった刀を押しいただくようにしながら、知が祝いを述べた。

「それも目付だそうだ」

「お目付でございまするか」

知が、驚愕《きようがく》の声を漏らした。

「うむ。明日より役料五百俵をたまわる」

「それはありがたいことでございまするが……」

旗本の家に生まれた者にとって、目付ほど怖ろしい存在はない。また、その任の過酷さも十分知られていた。なにより他人に畏怖《いふ》され、忌避される役目である。世慣れていなければつとまるものではなかった。

「上様じきじきのお声掛かりぞ」

不安そうな知へ、暁は誇った。

「お声掛かりでございまするか」

ふたたび知が息をのんだ。

徳川家康が江戸に幕府を開いて八十二年、武家の頭領たる将軍は飾りになっていた。政いっさいは、御用部屋に詰める老中の手でなされ、将軍は承認するだけとなって久しい。当然役人の任罷免に、将軍の意見が入ることなどまずなかった。それが、暁だけ違っていた。

「うむ。お目通りの場で、吾が名をお呼びくだされた」

まだ暁は感動していた。

「……おめでとうございまする」

祝いを述べながらも、暁の喜びに比して知の表情はすぐれなかった。

「どうかしたのか」

浮かれていた暁は、妻の様子に首をかしげた。

「いえ。お慶び申しあげまする。これも殿さまの日ごろのご勉学がおかげ」

ていねいに知が頭をさげた。

「急ぎ、ご宴席の用意をいたさねばなりませぬ」

すっと知が腰をあげた。

役目に就いた旗本は、その祝いと称して親類友人などを招いて一夜の宴を催すのが習慣であった。

「いや、それはならぬ」

暁が止めた。

「よろしいのでございますか。ご同役のみなさま方をお招きせずとも」

知が懸念を口にした。

戦集団であった幕府も泰平の世では、槍《やり》での功名がなくなり、筆が手柄のもととなった。となれば、武官より、文官が幅をきかせることになる。文官にとって、金科玉条なのが先例と慣習である。その範囲でしかものごとを動かさない。当然、慣習や先例に詳しい先任が強くなった。先達に嫌われれば、前例などを教えてもらえなくなり、職務の遂行が困難となる。それを防ぐため、新たな役に就いた者は、同役たちを招いて豪華な宴席を開かねばならなかった。

「目付は、そういうことをせぬのだ」

他人の失策を探しだすのが目付の任であった。日ごろの行状に瑕疵《かし》があれば、目付の権威にかかわることになる。なにより同僚さえも目付は監察するのだ。なれ合うことなどありえなかった。

「では、身内だけで」

「それもならぬ。今日より、我が鷹垣家は、親類縁者といっさいのつきあいを断つ」

暁は断言した。知人ゆえに手加減したと疑念をもたれないよう、目付は親子の縁も切るのが慣習とされていた。

「庄蔵《しょうぞう》」

振り向いて暁は、鷹垣家に先代から仕えている若党を呼んだ。身分としては小者《こもの》ながら、若党は、主家の使いにたつときに両刀を差し、士分《しぶん》としてあつかわれた。

「御用でございまするか」

すでに頭髪を白くした老爺《ろうや》が膝をついた。

「うむ。親類一同へ触れてまわれ。鷹垣は目付を拝任つかまつりました。つきましては今後のご交誼《こうぎ》を遠慮いたしたく、お報《し》らせ申しあげますとな」

命じて暁は廊下を奥へと向かった。

「よろしいのでございますか」

ちらと庄蔵が、知を見た。

「若殿さまは、なんでも杓子《しやくし》にはめこまれるきらいがございまする」

やわらかい口調で、庄蔵が嘆息した。

赤ん坊のころから暁を知っている庄蔵は、いまだ陰では若殿と呼んでいた。

「融通がおききにならないというか。いかに勉学がおできになられましょうとも、世のなかは、本のとおりに動いてはくれません」

庄蔵が暁の去った廊下へ目をやって、小さく首を振った。

「殿さまの言いだされたこと。そのとおりになさい」

苦笑しながら知が首肯した。

「へい」

熨斗目《のしめ》のついた裃《かみしも》に着替えて、庄蔵が親戚回りへと出ていった。

「無事にすむことを祈るしかありませぬ」

知が小さくつぶやいた。


庄蔵を使いに出した暁は、昼餉《ひるげ》を摂るなり書庫へ閉じこもった。

「武家諸法度と宮中儀典を覚えるまでは、出てこぬ。妨げとなるゆえ、誰も通してはならぬ」

鷹垣家は、代々文官を輩出する家柄であった。急逝した父栄《さかえ》が、書物奉行を長く勤めたこともあり、蔵書はかなりあった。

「……………」

暁は目的とした書物を探しだし、内容に没頭した。

「おい、知。暁はどこだ」

一刻半（約三時間ほど）して、日が陰りかけたころ、足音も荒く、一人の武士が現れた。

「兄上。お平《たい》らに。殿は書庫にて勉学をいたしております る」

知が、小声で兄をなだめた。

やって来たのは、知の兄五百旗平太郎《いおきへいたろう》であった。

「また本か。だからわけのわからぬことを言いだすのだ」

勝手知ったる他人の家、平太郎はずかずかと書物蔵へ向かった。

「どなたも通すなと……」

あわてて止めようとした知の手をくぐり抜けて、平太郎が言った。

「俺と暁の仲に、目付もなにも関係あるか」

平太郎が、蔵の扉を叩《たた》いた。

「暁、出てこい」

万一の火災から書物を守るため、蔵の扉はとくに分厚くできている。その頑丈な扉が、大きな音をたてて揺れた。

「平太郎か」

暁は読書を諦めて、扉を開けた。

「騒々しい。他人の家の蔵を殴るという礼儀があるか」

「ほおお。きさまが礼儀を語るか。おもしろい」

最初から平太郎はけんか腰であった。

「なにが言いたい」

「きさま、さきほど俺とのつきあいをきりたいと使いを寄こしたな」

平太郎が低い声を出した。

「ああ。上様のご推戴《すいたい》をもって目付になる。目付は知人親戚いっさいのかかわりを断つものと決まっておる」

「そんなことがいつ決まった。武家諸法度のどこに書いてある」

「うっ」

慣例が明文化されることはない。暁は詰まった。

「なにより、俺をそこいらの出世したがる俗物どもと同列にみたことが許せぬ。おい、お互い六歳からのつきあいで二十年以上になるが、まだわからないのか。俺が、そんなさもしい根性をしていると思っていやがるのか」

「そうではない。平太郎はそんな男ではないと、拙者がもっとも知っている」

「知っていて、断りを入れるとはどういうことだ。おい。俺と縁をきるなら知は返してもらおう」

平太郎が少し離れたところで様子を観ている妹知を指さした。

「馬鹿を言うな。知は拙者の妻ぞ。なんの落ち度もない妻を去らせる理由などない。なにより、知を娶《めと》れと言ってきたのは、おぬしではないか」

暁も言い返した。

二十二年前、暁と平太郎は、柳生新陰流《やぎゅうしんかげりゅう》道場で出会った。

旗本のたしなみとして、多くの家では息子を六歳から剣術道場へかよわせた。暁も父に言われて将軍家お手直し役柳生新陰流道場へと入門した。

そのとき同じ歳《とし》で相弟子となったのが平太郎であった。

剣にまったく興味もなく、竹刀《しない》の持ちかたを学んだだけの暁と、天賦の才能を見せつけ、たちまち頭角を現した平太郎は、あまりの違いがかえってよかったのか、親友と呼べる仲となった。

八歳から林家の私塾へかよい出した暁、十五歳で目録をもらったあと、柳生新陰流を離れ、田宮流抜刀術へと籍を変えた平太郎、ともに道場とは疎遠になったが、つきあいだけは続いていた。

目見えのかなう鷹垣家六百石、御家人でしかない五百旗家二百俵と家格の差など気にしない交流が二十年続き、ついに両家は親戚となった。

暁と平太郎の妹知が、婚姻した。

「身分が違う」

周囲の強硬な反対を押しきって、暁は知を妻に迎えた。

「兄上、それはわたくしもお断りいたしまする」

黙って聞いていた知が、口を出した。

「家長の言葉に刃向かうか」

「嫁《か》した女がしたがうは、ただ夫のみでございまする」

きっぱりと知が断言した。

「すっかり暁の意に沿いやがって。気に入らぬわ。おい、暁、庭へ出ろ」

「よしてくれ。明日からお役目だというに、きさまの相手をして怪我などしては困る」

暁は首を振った。

「いいや、その曲がった性根を叩きなおしてくれる」

平太郎が足袋はだしのまま庭へ降りた。平太郎は剣術だけでなく柔術も学んでいる。とても暁のかなう相手ではなかった。

「わかった。拙者が悪かった。このとおり詫びる。今まで同様、つきあってくれ」

一度言いだしたら折れることのない平太郎だと暁は十分知っていた。それこそ、無理矢理知を連れて帰りかねなかった。大きく暁は嘆息した。

「最初からそう言えばいいのだ。たかが役目一つで、おぬしと拙者の仲が壊れるなどあってたまるか」

満足そうに、平太郎が胸を張った。

目付の定員は決まっていなかった。おおむね十名から十五名の間で推移し、貞享《じょうきょう》二年（一六八五）、目付は十五人いた。

中之口を入ってすぐ右手、縁側の突きあたり右側に目付部屋があった。目付部屋は、許しなく足を踏みいれることが厳禁されていた。きっちり閉められている襖が、暁には堅固な城門に見えた。

「ごめん」

暁は、緊張しながら襖《ふすま》を開いた。

「………」

なかにいた目付たちがいっせいに、闖入者《ちんにゅうしゃ》の顔を睨《にら》みつけた。

「本日より目付を拝命いたしました。鷹垣隼人正暁でございまする」

「………」

名のった暁へ、誰一人声をかけることなかった。返ってきたのは無言での小さな会釈だけであった。

目付部屋の出入り口は、上座敷にしかなかった。暁は、襖に沿いながら下座敷へと向かった。

「どこを使わせていただけば……」

新参者の暁には、目付部屋の様子などわからなかった。

「もっとも下手《しもて》をお使いなされ」

暁の顔を見ることなく、壮年の目付が答えた。

「ご教示かたじけない。鷹垣でござる」

「さきほど聞きましてござれば、二度のごあいさつは無用」

壮年の目付が、冷たくあしらった。

「失礼をいたした」

軽くあしらわれて暁は、鼻白んだ。

目付の仕事は殿中での非違監察である。弁当を置いた暁は、目付部屋を出た。

謹厳実直を体現する目付は、歩きかたも決まっていた。角を斜めに横断せず、廊下の中央を四角く曲がるのだ。また、歩くときはまっすぐ前を見つめ、左右に頭を揺らさない。

「目付ぞ」

黒紋付きの羽織に、真麻《まお》の帷子《かたびら》、生麻《きあさ》の裃もあいまって、一目でわかるほど、目付は目立っていた。初日の暁にも、周囲の旗本たちから放たれる畏怖と、忌避のまなざしが向けられた。

「……」

暁は脇目もふらず、殿中を巡回した。

あてどもなく、歩いたところでなにか見つかることなどなかった。

疲れて暁は、目付部屋へと戻った。

「鷹垣どの」

「はっ」

席に着こうとした暁を、数名の目付が呼んだ。

「初めてのお役目とはいえ、貴殿も本日より目付でござる。あまり奇異なことをしてくれては目付の品位にかかわる」

きびしい顔で壮年の目付が、言った。

「奇異でござるか」

思いあたることもなく暁は首をかしげた。

「城中をうろつかれていたであろう」

「あれは登城いたしておる者たちの態度を見てまわったので」

暁は言いわけた。

「目付の仕事を誤解しておられるようだ」

壮年の目付が嘆息した。

「町方の同心《どうしん》ではござらぬ。目付は、要所要所を締めるのが仕事でござる。廊下などをうろついても意味などござらぬ。行きかう連中まで見張るということになれば、とてもこの人数では足りませぬし、そこまでするならば、厠《かわや》まで目を光らせねばなりませぬぞ」

「人というのは、ずっと気を張ってはおられぬ。上様へお目通りを願うおりの失策は見すごさぬが、あまり細かいところまでつついては、儀礼を気にするあまり、お役目がおろそかとなりかねぬ。それでは、本末転倒である」

小柄な目付が、諭した。

「心いたりませなんだ」

すなおに暁は頭をさげた。

「今しばらくは、吾らのあとについて任を学ばれよ。林家の私塾先聖殿《せんせいでん》で首席をとられたほどのご貴殿じゃ。すぐに覚えられるであろう」

露骨な嫌みにも暁は、反論できなかった。

二

目付の日常は多忙を極めた。

将軍家への目通り監視のみならず、火事場の巡回、評定所での裁きへの臨席、改易となった大名の城地受けとり、郡代代官の非違監察など、城内だけではなく、必要とあれば遠国まで出張《でば》った。

一カ月ほど経った貞享二年二月、暁はようやく一人での仕事を任された。

「明日、評定所での臨席を担当されよ」

「はっ」

さすがに三十日から同行すれば、壮年の目付が仁科修理介《にしなしゅりのすけ》だとわかる。

暁は勇んで受けた。

評定所は、和田倉御門を出て北、伝奏屋敷の隣りにあった。

幕府における最高の裁きを決するところとして、評定所は権威を誇っていた。ことによっては老中が出席することもあり、評定所で判断されたことは、将軍以外くつがえすことはできなかった。

二月十日、暁が加わった評定は、一人の旗本にかんするものであった。

「書院番、金森帯刀《かなもりたてわき》に相違ないな」

差配をする勘定奉行が、確認した。

「三手《みて》がかりか」

町奉行の下座で、暁は独りごちた。

寺社奉行、勘定奉行、町奉行の全員が参加する評定を三手がかりといい、内容がそうとう重いことを表していた。

「さようでございまする」

金森が認めた。

書院番とは、将軍の身辺警護を担う役目である。小姓組番とあわせて、両番方といわれ、旗本のなかでもとくに名門から選ばれた。

「評定所は、上様のご信任をもって我らが裁きを代行いたす。偽りは、上様への無礼と同様の扱いを受ける。心して返答いたすように」

勘定奉行が念を押した。

「承知してござる」

落ちついて金森が答えた。

「みょうな……」

まだ評定は始まったばかりである。しかし、暁は金森の態度にあきらめを感じた。

「では、審議を始める。金森、そなた駿府勤番であったおり、榊原《さかきばら》越中守宅より、かの家に伝わる宝物を盗み出したるに相違ないか」

「言葉を返すようでございまするが、拙者、あれが宝物とは思いもよりませなんだ。ただの反古紙《ほごがみ》だとばかり……。道中なにか使うこともあろうかと、つい懐にしてしまっただけで、盗んだなどと言われるは、心外でございまする」

淡々と金森が述べた。

「反古をわざわざ売りこみにいったと申すか。御用部屋から話が届いておるのだぞ、偽りを口にするとは、旗本とは思えぬ所行ぞ」

差配役の勘定奉行が、叱りつけた。

「……」

金森が顔をゆがめて沈黙した。

「いかがでござろう」

勘定奉行が、同席していた寺社奉行、町奉行の顔を見回した。

「ご一同、罪は明白かと存じまする」

「うむ」

「異論ござらぬ」

臨席していた全員が首を縦に振った。

「では、裁きを言いわたす。金森帯刀、控えよ」

声を張りあげて、差配役の勘定奉行が命じた。

「はっ」

金森が平伏した。

「駿府でのおこない、旗本にあるまじきをもって、斬首《ざんしゅ》仰せつける」

「それはあまりでござる」

顔をあげて金森が叫んだ。

「斬首……」

あっさりと終わった評定の結果に、暁は絶句した。

武家の刑罰でもっとも重いのが斬首である。他人に首をはねられるのは、武士としてもっともつらい死にかたであった。

「家ごと潰《つぶ》すと仰せか」

斬首には付加刑がついていた。家の廃絶、嫡子以下直系の男子全員の切腹である。

「拙者も旗本のはしくれでござる。徳川家への忠誠では、ご臨席の皆様方に劣るものではござらぬ。死ぬまで黙せと言われるなら、生涯口を開くことなく生きましょう。切腹をたまわるというなら、喜んでお受けいたす。しかし、斬首とは、納得できませぬ。三代にわたってお仕えした旗本を、下人同様に処断されるというならば、こちらにも覚悟がござる」

金森が叫んだ。

「鎮まれ。さらに罪を重くするつもりか。評定所の決定は、上様の思《おぼ》し召しである。さからうことは叛逆《はんぎゃく》同然。九族根絶やしにされたいか」

差配の勘定奉行が、金森の声を抑えるように怒鳴りつけた。叛逆は幕府でもっとも重い罪である。男女老若のかかわりなく、一族郎党磔《はりつけ》となり、血筋を根絶やしにされた。

「うっ……」

身体中の力を失って、金森が崩れた。

「せめて息子だけでも切腹させてやるのが親ではないか」

「お受けいたしまする」

念を押す勘定奉行へ、血を吐くような声で金森が応じた。

金森の処刑は、ときをおかず評定所でおこなわれた。

「せめて万石と夢みたが、まちがいであった」

腰物《こしもの》奉行配下の同心によって、金森は斬首された。

「お目付どの」

旗本の検死も目付の役目であった。

評定所の事務をとりあつかう（評定所）留役《とめやく》にうながされて、暁は金森の遺体をあらためた。

「首が斬り離されている」

すでに血潮は、ただ流れるだけになっていた。

暁はこみ上げてくるものを必死で抑えこんだ。人の、尋常でない死を目のあたりにした喉が、悲鳴を漏らそうとするのを暁はかみ殺した。

「たがいなく」

たしかに死んでいると暁は確認の言葉を口にした。

「金森の息子どもへの通達を出してよろしゅうございましょうか」

留役が、差配の勘定奉行へうかがいをたてた。

「うむ。本日中に腹を切らせ」

勘定奉行が告げた。

「お目付どの、ご同道を」

ふたたび留役が、暁を誘った。

切腹は名誉あるものとされているが、一つの命の終わりでしかない。二十歳になるかならぬかの嫡男、ようやく元服を終えたばかりの次男、そしてまだ前髪のある三男と、暁は三つの死を見届けさせられた。

「ご苦労でござった」

目付部屋にもどった暁を、仁科修理介がねぎらった。

「本日は、下城なされてしかるべく」

仁科修理介にうながされて、暁は城を後にした。

憔悴しきった暁は、やっとの思いで屋敷まで帰った。

「どうなされました」

出迎えた知が、すぐに気づいた。

「床をとってくれ」

暁は、寝ると言った。

「お身体の具合でもお悪いのでございまするか。お医師をお呼びいたしましょうか」

知が気づかった。

「いや、だいじない」

力ない笑みを暁は浮かべた。

「誰か、奥の間にお床を、庄蔵、お医師を」

安心させようとした態度が、かえって知には悪かった。庄蔵にそう言いつけて、知が暁の左側へ身を寄せた。

「どうぞ、わたくしめに、お身体をお預けなされて」

「医師はやめよ。鷹垣の恥となる」

あわてて暁は止めた。

「奥で話す」

這《は》うようにして居間へ入った暁は、今日見てきたことを語った。

「とくに子息たちの切腹が哀れであった。まだ年端もいかぬ弟を安心させるため、嫡男が……」

暁はのどを詰まらせた。

「兄が先にいって待っておるゆえ、安心して来るがいい」

金森帯刀の嫡男は、弟たち二人にほほえんで見せ、従容《しょうよう》と死に場所へ向かったのである。続いて次兄がやはり末弟に声をかけて切腹の座へとついた。

「兄たちの切腹を見せぬようにいたすのが、せめてもの気遣いであった」

息子たちは、金森の屋敷の庭先に敷かれた筵《むしろ》の上で腹を切った。

もっとも用意されていた脇差《わきざし》を使わせはしない。切腹の痛みに耐えかねて泣きわめくなど、年端もいかぬ子供たちへ末期《まつご》の恥をかかせてはあわれと、検視役上席である目付、すなわち暁へ頭を下げた瞬間を狙って、介錯《かいしゃく》役が首を斬り落としたのだ。

「吾は、見届けた。目付としての役目以上に、子供たちの覚悟へ対する礼儀として」

「はい」

知が、うなずいた。

「あまりに酷であった」

着替えもそこそこに暁は横になった。

「ごゆっくりおやすみなされませ」

静かに知が出て行った。

暁の枕元から去った知は、庄蔵を呼んだ。

「やはりお医師を……」

「お医師ではどうにもできませせぬ。庄蔵、五百旗まで使いにいっておくれ。兄に来てくださるようにと」

懸念する庄蔵へ、知が頼んだ。

「五百旗さまを……わかりました。行って参りまする」

庄蔵が出ていった。

旗本は暮れ六つ（午後六時ごろ）以降の外出を禁じられていた。幕府が軍事で成りたっていたころの名残である。しかし、大坂の陣から七十年も経った今、武士から気概が消えるのにあわせるよう、門限は形骸《けいがい》となっていた。

元飯田町の鷹垣家から、市ヶ谷牛込邊坂《なべざか》の五百旗家までは、半刻（約一時間）もかからない。一刻（約二時間）経たないうちに、平太郎が駆けつけてきた。

「どうした、暁になにかあったのか」

市ヶ谷牛込から走り続けてきたのか、平太郎の息は荒かった。

「兄上さま、お疲れのところお呼びだていたしまして」

「あいさつはいらぬ。さっさと申せ」

妹の言葉をさえぎって、平太郎がせかした。

「少し落ち着いてくださいませ。お気持ちはありがたいと思いまするが」

子供のころから親友としてつきあってきた暁と平太郎である。平太郎の焦りを知もわかっていた。

「じつは、このようなことで……」

「ふうむ」

話を聞いた平太郎がうなった。

「いきなり四人の死を見せられたか……暁にはきつすぎたな」

「おやさしゅうございますゆえ」

「やさしい……暁がか」

妹の話に平太郎が笑った。

「でございましょう。ゆえに人と争わねばならぬ剣術がお嫌いであったのでは」

「夫婦となって二年、いや三年か。まだまだ見えておらぬわ」

平太郎が嘆息した。

「暁がやさしくないとはいわぬ。とくにそなたにはな」

「兄上」

笑った平太郎を、知がにらんだ。

「しかし、暁が剣術をせなんだのは、先を読みすぎたからだ」

「先を読む……それこそ剣術にとってもっとも必要なことではございませぬのか」

知が首をかしげた。

五百旗の家は番方である。抜刀術の修行にのめりこんだため、平太郎は小普請組のままだが、代々大番組士を受け継いできた。尚武の家柄を誇りにしていることもあって、五百旗家では女にも武術を習わせた。小柄な容姿からは思いもつかないが、知は鐘巻流長刀《かねまきりゅうなぎなた》免許の腕前である。

「次の一手を読む才能は、剣に必要だ。だがな、そのずっと先まで見てしまうことは、かえって悪いのだ。暁は、竹刀稽古をしながら、真剣勝負を思い、戦いが生み出す結果まで頭のなかに思い浮かべてしまうのだ」

「それがなにか」

わからないと知が首をかしげた。

「つまりはな、真剣勝負で、己が斬られたら後に残されたものはどうなっていくということまで考えるのだ。同様に相手を斬った場合もな」

「……………」

聞かされた知が声を失った。

戦いとは狂気でなければならなかった。生き残るために他人の命を奪う。戦国の世なれば、まだよかった。戦が日常であり、敵を倒すことが名声と出世へつながった。

しかし、泰平の世で、人を殺すことは罪である。

主君に恥を掻《か》かされたとき、武士の名誉を守るため。この二つでさえ、人を斬れば、結果はどうあれ責任を負わねばならない。

ましてや無礼討ちなど夢物語でしかないのだ。武士が庶民を傷つければ、よくて改易、悪ければ切腹になる。

堪忍することが家を守る第一の手段となって久しい。

後先を考えず、怒り、あるいは恐怖に身を任せるからこそ、他人に斬りつけることができる。冷静に事後のことを考えてしまえば、刀を抜くことなどできるはずはない。

「暁は、頭がよすぎたのだ。だから剣の持つ狂気にあきれ、怖れ、そして離れた。もう身体が固まってしまったゆえ、いまさらどうにもならぬが……天賦の才となれば、暁は俺より上ぞ」

「まさか……」

知が目を剝《む》いた。

妻もめとらず、役目にもつかず、剣術に耽溺《たんでき》した平太郎の剣はすさまじい。籍を離れた柳生新陰流道場でも、訪れればかならず上座へとおされるほど、平太郎の剣名は高かった。

「偽りを言う必要がどこにある」

平太郎が知を見つめた。

「暁は聡《さと》い。だからこそ、弱いのだ。明日がどうなるかもわからぬと言うに、百年先の心配をするようなもの。あいつが、俺くらい馬鹿だったらと何度思ったことか。もっともそうだったら、おまえを嫁には出していないがな」

最後に口調をゆるめて、平太郎が笑った。

「どれ、夜具のなかで震えている暁を、どやしつけてくるか」

平太郎が、知の肩に手を置いた。

「じゃまするぞ」

なかからの返事を待たずに、平太郎が襖を開けた。

「……誰だ。平太郎か。悪いが疲れている。今日は帰ってくれぬか」

夜具を頭までかぶりながら、暁は震えていた。

「……暁」

平太郎が枕元へ腰を下ろした。

「人の死に様はどうであった」

夜具が大きく動いた。

「命が消えゆく瞬間はどうであった」

「……」

「血潮の色はどうであった」

たたみかけるように平太郎が問いかけた。

「うるさい。黙れ」

夜具のなかから、暁は怒鳴った。

「暁、俺はな、人を斬ったことがある」

「……なんだと」

あまりにあっさりと告げられた内容に、暁は対応できなかった。

「知をおぬしに押しつけて、一年ほど江戸を離れていたことがあったであろう」

言われて暁は思い出した。

知と婚姻をなしてすぐ、平太郎は属する小普請組頭へ武術修行の届け出をして、丸一年近く江戸を離れていた。

「それもな、剣術の試合ではなくな」

平太郎が語り始めた。

「江戸を出て半年ほどだった。俺は伊勢の国の寺へ滞在していた。五ヶ所というところでな。陰流の祖愛洲移香斎《あいすいこうさい》の出身の地だ。いまでも剣術が盛んだというのを聞いて、学ぶこともあろうかと一カ月ほどいた。五ヶ所は、紀州灘に面した良港の地でな。上方と江戸を行き交う船が立ち寄り、なかなかに繁華なところであった」

初めて耳にする話だった。寝ながら聞くべきではないと暁は起きあがった。

「船乗りというのは気性が荒い。板一枚下は底なしの海という船で働いているからだろうが、なにかあるとけんかだ。紀州藩の船番所があっても、うかつに手出しなどできやしない。どことも同じだが、役人というのはことなかれだからな」

ゆっくりと平太郎が続けた。

「役人に肚《はら》がないことを知っている船乗りたちの横暴は、ひどかった。とくに嵐で船が出られない日が続くと、極端に荒くなった。そして、とうとうことは起こった」

遠くを見るような目を平太郎がした。

「風の強い日が続いた秋のことだ。そろそろ、五ヶ所を離れようかと思っていた俺のもとへ、世話になっていた寺の住職が顔色をかえてやってきた。聞けば、取り籠《こ》もりだという。出港できるまでと遊女屋へ居続けていた船乗りの一人が、無銭だとわかった。問いつめられた船乗りが、手にしていた小刀で見世《みせ》の若い男を刺し、妓《おんな》を人質とした。船番所が出張ったが、解決するどころか、手込めにされて太刀を奪われる始末。なんとかしてやってくれないかということだった」

「ほかの剣術使いは。五ヶ所にはいくつもの道場があるのだろう」

思わず暁は口をはさんだ。

「そのすべてを、俺は破ってしまったのだ。おかげで、こっちにお鉢が回ってきた。ずっとただで泊めてもらっていたからな。むげに断ることもできぬ。たかが船乗り一人くらいと、俺は、簡単に引き受けた」

苦い顔をした平太郎を見て、後悔を表情にすれば、こうなると暁は初めて知った。

「遊女屋の構造が悪かった。二階に籠もっている船乗りのもとへ行くには、階段を上らなきゃいけない。しかし、その階段は一人がようやく通れるていどの幅しかなく、そのうえ安普請できしみ音がすごい」

狭い階段では太刀が使いにくくなる。左右上下についたてがあるようなものだ。抜くことさえままならなかった。

「それでもまだ、俺は楽観していた。剣術のいろはさえ知らないやつなどものの数ではないとな。たしかに剣の腕では、俺が上だった。しかし、命のやりとりの場数は、船乗りが一枚勝っていた」

一度平太郎が言葉をきった。

「階段を半分くらいのぼったときだった。上から人が跳びかかってきた。とっさに俺は太刀を抜いた」

田宮流抜刀術には、狭いところでの振る舞いもある。

三尺（約九十センチメートル）の幅しかない階段で、二尺八寸（約八十四センチメートル）の太刀を鞘走《さやばし》らせた平太郎は、そのまま突いたと言った。

「落ちてきたのは、船乗りに上から投げ落とされた妓だった」

「えっ」

暁は驚愕した。

「船乗りは、妓を盾に使ったのだ。それに気づかなかった俺の太刀は、深々と妓の腹に刺さった」

「平太郎」

淡々と語る平太郎の声音の裏に、暁は悲痛を感じた。

「俺の刀が妓に喰いこんだのを確認して、船乗りが船番所の役人から奪った太刀で襲ってきた。上からまっすぐ突きおろして……」

絶体絶命である。暁は息をのんだ。

「船乗りの持つ刀身が鈍い光を放った瞬間、すべて白くなった。身につけた修練も何もかもが消えた。残ったのは死にたくない、その思いだけだった。俺は妓を刺したままの太刀を突きあげた」

左右に壁のある階段で、太刀を振るうわけにはいかなかった。互いに突くしかない戦いは、位置の低いほうに有利であった。

太刀は手に、手は肩へついている。上から下を狙うより、下から突き上げるほうが、少しとはいえ、間合いが近い。下からの太刀は、すねでも腹でも届くが、上からは頭くらいしか狙えない。

「地の利ともいえぬ、階段の上下が明暗をわけた。船乗りの一撃は届かず、俺の太刀は妓と船乗りを串刺しにした。俺の目の前で、二つの命が消えた。いや、きれいごとはやめるべきだな。俺が二人を殺した」

「仕方ないことだ。とくに妓は、おぬしのせいではない」

暁は叫んだ。

「いや、俺のおごりが原因だ。五ヶ所の道場で負けを知らず、天狗になっていた俺は、たかが船乗りと侮って、妓を殺すことになった」

暗い声で平太郎が首を振った。

「今も、肉を貫く感触、柄《つか》に伝わる断末魔の震え。しっかりと残っている」

平太郎が手のひらへ目を落とした。

「……平太郎」

初めて見る親友の姿に、暁は言葉を失った。

「ところで、暁。何を悩んでいるのだ」

「えっ」

不意をうたれて、暁は一瞬呆《ほう》けた。

「俺の苦悩より、それは重いのか」

「……それは……」

暁は口ごもった。

「おぬしが殺したわけではあるまい」

言われて暁は、己が傍観していただけだったことに気づいた。

「死を見て、衝撃を受けたのはわかる。しかし、それも役目なのであろう。毎度毎度寝こんでいては、目付などやっておれまい。辞するか」

「やめるわけにはいかぬ」

綱吉の直任である。暁は首を振った。

「ならば、肚をくくれ。もう一度訊く。暁。おぬし、なにに気分を悪くしたのだ」

「なにをいまさら。人の死に決まっておろうが」

わかっているだろうと暁は、あきれた。

「ごまかすな」

平太郎が、暁をにらんだ。

「暁、おぬしが気に入らぬのは、理不尽な死であろう」

「うっ……」

「昔からおぬしは、なんでも理で片づけた。しかし、今回のことは理にあわぬ。そうなのだろう」

「……ううぬ」

暁はうなった。

「最初から話せ」

あらためて平太郎が求めた。

役目柄知り得たことをしゃべってはいけないが、金森帯刀のことは、いずれ江戸中の噂になる。暁はしゃべった。

「ふうむ。ずいぶんと急いだな」

一部始終を知った平太郎も疑問を呈した。

「であろう」

「本人は斬《ざん》、子供たちは切腹か。まるで謀反をしかけたようだな」

「うむ。しかし、謀反となればもっとおおごとになっていなければならぬ。我らは知らぬが、慶安の由井正雪《ゆいしょうせつ》が一件は、江戸をあげての大捕物だったという」

三代将軍家光が死んだ慶安四年（一六五一）、軍学者由井正雪は、槍の名人丸橋忠弥《まるばしちゅうや》などと語らって、倒幕を企んだ。

幕府の諸大名取りつぶし策で巷《ちまた》へあふれた浪人たちを糾合し、江戸、駿府、大坂の三カ所でことを起こそうとしたが、訴人によってこと破れた。事態を重く見た幕府は、徹底した糾明と厳罰をもって臨み、捕まった丸橋忠弥の妻はもちろん、まだ生まれて間もない幼子まで、磔に処した。

処刑は見せしめのため、鈴ケ森で公開され、泣きわめく幼児に穂先が突きささる様は長く庶民の語りぐさとなった。

「それに比して、あまりに拙速」

評定所でのやりとりは、とても詮議《せんぎ》といえないものであった。

「納得ゆくまで、やれ、暁」

平太郎がすすめた。

「……しかし、評定所の裁断は、上様のご意志同然」

暁は二の足を踏んでいた。

「目付の役目はなんだ。幕政の非違監察であろう。たとえ評定所といえどもまちがっているならば、ただす。それが目付ではないのか。ただ他人の粗《あら》を探すだけの役ならば、百害あって一利なし。目付などないほうがましぞ。やれ、暁」

力強く、平太郎が言った。

「……評定所相手にか」

評定所は、老中以下幕政の中枢を握る者たちの集まりでもあった。評定所への探索は、幕府全体への手入れといっても過言ではなかった。

「評定所を敵に回す。ならば、おぬしは上様をお味方とすればいい。老中だの、勘定奉行だのといったところで、上様から見れば我らと同じ旗本でしかない」

「上様のお力にすがるか。ふうむ。ことと次第によってはそうするしかないな」

ようやく暁は肚を決めた。

「助けてくれるか」

暁は平太郎に身体を向けた。

「役に立てるとは思わぬが、おぬしと俺とは刎頸《ふんけい》の友。いざとなれば、同じ首の座に並んでやろう」

平太郎がしっかりとうなずいた。

三

目付部屋は二階建てになっている。一階が目付部屋、二階は徒目付《かちめつけ》の詰め所と書庫になっていた。

「おはようございまする」

翌朝、出務した暁は、書庫へあがった。

「お目付どの、御用でござろうか」

書庫へ入るには、徒目付部屋を通らなければならない。書庫へ行こうとした暁に徒目付が声をかけた。

「探しものだ」

「お命じくだされば、わたくしがいたしまする」

徒目付が言った。

「いや、かまわずともよい」

暁は、申し出を断った。

徒目付は、百俵五人扶持《ぶち》、目付配下として御家人の非違を監察するほかに、江戸城諸門の警備監督、城中巡回、隠密探索などをおこなった。任が任だけに、御家人のなかでも武術に優れた者が選ばれた。

「さようでございまするか。では、なにかござれば、声をおかけくだされ」

すっと徒目付が引いた。

下役とはいいながら、どの目付の下へ誰がつくとは決まっておらず、要件ごとに変わった。これは、職責上なれあうことを避けるためのものであり、また、重要な案件の場合、一人の目付のもとに数名の徒目付がつくこともあった。

評定所を敵に回すことになった暁は、徒目付を使うことさえできなかった。連座させることになりかねないし、なによりそこから密謀が漏れるかもしれなかった。

目付が徒目付を監察するように、徒目付も目付を見張るのだ。

徒目付詰め所との襖を閉じた暁は、まず無双窓を開けた。

目付部屋は、納戸御門の枡形《ますがた》に面している。桟を前後に並べた無双窓が、一間（約一・八メートル）ごとに設けられ、開け放てば十分に明るかった。

「金森帯刀斬首のもとは駿府にある」

暁は、書庫を見回した。

目付部屋にある書類は、すべて右筆《ゆうひつ》の手で書かれていた。右筆部屋に送られた書付は、何枚か筆写されたあと、原本は右筆部屋に、残りが担当の役所と目付部屋へ納められた。

書付は、年ごとにまとめられていた。

「金森が駿府勤番から書院番へと移ったのは、去年」

暁は貞享元年（一六八四）の項を引き出した。

「なにもない」

書付を読みあさった暁は、ため息を漏らした。

「当たり前か。駿府勤番から上様のご身辺警護を担う書院番組への転任は栄誉である。いかに名門旗本とはいえ、瑕《きず》一つでもあれば、書院番になれるわけはない」

暁は書付を戻した。

「表に出せぬ事情があるか」

続いて暁は、諸家譜《しょかふ》へと手を伸ばした。

諸家譜は幕府が大名、目見え以上の旗本へ提出を命じた先祖以来の履歴である。三代将軍家光のとき、ばらばらであった諸家譜を、一つにまとめあげていた。現在書庫にあるものは、それへ代替わりなどの追加を加えたものである。源氏の末裔《まつえい》を称する家ともなると清和天皇までさかのぼって書き記してあった。

「金森帯刀は戦国大名金森長近《ながちか》の流れか」

戦国大名金森長近は、織田信長の家臣から豊臣秀吉、徳川家康と三代の英傑に仕えた。茶人としても名をなし、飛騨一国を領していた。帯刀はその一族であった。

「評定所で最後まであらがわなかったのは、そのためか。さすがに飛騨高山藩三万七千八百石を道連れにはできぬな」

一族から謀反者が出れば、大名といえども改易となる。四万石近い藩が潰れれば、四百人からの家臣が浪人となって、路頭に迷う。

「家譜にも見るべきところはないか」

暁は諸家系図を閉じた。

「探しどころが見つからぬ」

肩を落としながら、暁は書庫を出た。

「目的のものはございましたか」

さきほどの徒目付が、問うた。

「うむ。気遣い感謝する」

徒目付へ、礼を述べて、暁は目付部屋へ戻った。

「なにを調べていたか」

暁の姿を見送った徒目付が、書庫へ入った。


数日、暁は無為に過ごした。

「今日は宿直《とのい》じゃ。帰宅は明日の夜になる」

初めての城中泊まりである。泊まりに必要な夜具、夜食は自弁であった。登城する暁の供は、夜具持ちの中間を加えいつもより一人多かった。

通常大手門前で待たせる供を、宿直のおりだけ中之口御門前まで伴うことが許された。

「ご苦労であった」

さすがにこれ以上荷物持ちを入れることはできなかった。暁は夜具を背負い、手に弁当をぶら下げて、殿中廊下を歩いた。

「宿直は貴殿か」

仁科修理介が、目付部屋へ現れた暁を見て言った。

「さようでございまする」

いつもの場所に荷物をおいて、暁は答えた。

「宿直といえども、一夜起きている必要はござらぬ。宿直の役目は非常のさいの差配でござる。火事や地震がなければ、なにもせずに終わる。無理をして明日の役目に差し支えては意味がない」

「……」

珍しく先達らしい態度を見せる仁科修理介の説明を、暁は無言で聞いた。

「新任の者は、つい役目にのめりこみ、誰もおらぬ城中をうろついたりする。それで疲れ果て、明日《みょうにち》の朝失態をおかすことになる」

失態とは、将軍の前であくびをすることであった。

目付は上司である若年寄よりも、将軍へ直接報告することが多かった。宿直の翌朝もそうであった。前夜城中で異常がなかったことを、朝将軍が政務に入る前、言上するのだ。そのため、特別に宿直の目付は、部屋へ持ちこんだ大盥《おおだらい》を使っての沐浴《もくよく》が許されていた。

「失態は、おぬしの罪一つで終わるわけではない。目付の規律まで疑われることになる。なにごとともに宿直をしてくれる当番目付どのの指示をあおぐように」

きびしく仁科修理介が念を押した。

「心しておきまする」

暁は諾とも否ともつかない返答をした。

江戸城の夜は静かである。跡継ぎのいない将軍綱吉は、忌日でないかぎり大奥へ渡るため、中奥も人の姿がなく、火の番の歩く音だけが響いていた。

「火の番でござる。丑《うし》の刻（午前二時ごろ）の見回り別段ございませぬ」

一刻（約二時間）ごとに表と中奥を巡回する火の番が、目付部屋へ顔を出した。

「うむ。次も怠りないように」

当番目付が、決まった言葉を返した。

火の番も目付の下役である。明暦の大火で城内ほとんどを焼失した苦い経験から、幕府は火事への警戒を強め、夜中の警戒をおこたらなかった。

「一巡りは終わったようじゃな。鷹垣、休みをとろうぞ」

息を吐《つ》いて、当番目付がうながした。

「承知つかまつった」

用意してきた夜具を、暁は拡《ひろ》げた。

さすがに寝間着になることまでは許されていなかった。万一のさいにはなにをおいても飛びだしていき、城中の安全を確保する目付が、寝間着姿ではしめしがつかない。

裃をはずしただけで、横になるのが決まりであった。

「ちと厠へ」

沐浴するだけの場所をもつとはいえ、目付部屋に厠はなかった。

「うむ。さきに休んでおるぞ」

当番目付が横になった。

火災を怖れる江戸城の灯りは、廊下の隅に置かれた有明だけである。灯《ひ》から少し離れただけで、己の足下さえはっきりしないほど暗くなった。もっとも近い厠でも、目付部屋から角を二回曲がらなければならなかった。

ようやく身についたばかりの曲がり方で、一つ目の角をこえた暁は、背中に小さな痛みを感じた。

「振り返るな」

背後から声が命じた。

「だ、誰だ」

暁は、背中に刃物が当てられたと気づいた。

「秘密を知りたいか」

「な、なにっ」

かけられた言葉に、暁は驚愕した。

「大きな声を出すな。殿中は寝ておらぬ。人の気配はどこにでもある。誰かに気づかれれば、死んでもらう」

静かな口調のなかに、強い殺気が含まれていた。

「……………」

暁は沈黙した。

「金森の一件を調べたいか」

ふたたび背後から問われた。

「政は公明正大でなければならぬ。後世の者から批判されるようではいかぬのだ。目付はその非違を糺すためにある」

小さな声で暁は答えた。

「政が公明正大か」

背中で含み笑いがした。

「役目柄だといえば、そうなるのだろうが。青いな」

「……青いか」

「徳川は日輪なのだ」

「日輪……」

「そう。戦国という荒れた日々を天下泰平に導いた。この日《ひ》の本《もと》から争いをなくしたのは、まちがいなく神君徳川家康さまよ」

「……」

暁にも異論はなかった。

「明日から命の心配をしなくていい。家を焼かれ、娘を犯され、すべてを奪われる危《き》惧《ぐ》から解き放ってくれた。神君は、まさに津々浦々まで光を与えた日輪。だが……」

「だが……」

おもわず暁は、先をうながしていた。

「日の当たるところにはかならず、その裏に陰ができる」

「それが政の暗部だというか」

「なかなかに賢いな」

また含み笑いが、暁の耳元でした。

「愚《ぐ》弄《ろう》する気か」

「怒るな。これだから学問のできるやつは度し難い。矜《きょう》持《じ》が高く、他人を一段下に見る。なればこそ馬鹿にされたと感じれば、理《ことわり》を放り投げて、感情をむきだす」

「……」

反論することが、暁にはできなかった。

「他人の話は最後まで聞くものだ」

「さっさと話せ」

いらだちを暁は言葉にこめた。

「金森は幕府の闇《やみ》に触れたのだ。それも本人の意思でな」

「幕府の闇……いくら調べても、なにも出てこぬのはそのためか」

「口をはさむな」

背中の痛みが強くなった。

「わかった」

背後の存在は、暁になにかをさせたがっている。そのためにいくつかのことを教えようとしていると暁は見抜いた。

「この国を統《す》べる幕府には、いくつもの陰がある。金森をのみこんだはその一つ。哀れなことにもっとも大きな陰だったために、まだ幼い子供まで囚われた」

「いくつもの陰……その最大のもの」

「そうだ。最大の陰にそなたは手を出そうとしている」

「……」

「金森の二の舞となる覚悟はできているのか」

「うっ……」

虚勢を許さぬ力をもって、言葉が暁の耳を襲った。

「己一人のことではすまぬ。妻や子、親兄弟にも累はおよぶ。それを知ってのうえで、まだ進もうとするか」

「それは……」

暁は絶句した。金森帯刀の理不尽な刑死への興味から出た行動が、妻や義兄、親類縁者へ及ぶとあらためて宣されたのだ。簡単に答えることなどできなかった。

「それでいい。ただちに首肯されたならば、ここで殺していた。そんな軽薄な者に秘事など教えるわけにはいかぬ」

満足そうに背後で気配がうなずいた。

「己で決めるがいい」

不意に背中の痛みが消えた。

あわてて振り向いた暁は、誰の姿をも認められなかった。

「一つだけ聞かせてやろう。堀田筑前守《ほったちくぜんのかみ》のことを調べてみるがいい」

天井裏とも床下ともつかぬ位置から声がした。

「堀田筑前守……大老のか」

暁はつぶやいた。


宿直明けでも、目付に休息は与えられなかった。

「鷹垣、ついて参れ」

当番目付が、暁へ命じた。

「上様へご報告をいたす」

一夜の無事を綱吉へ語ることが、宿直最後の任であった。

大奥で一夜を明かした綱吉は、明け六つ（午前六時ごろ）に起床、女中一同の挨拶を受けたあと先祖の位牌《いはい》を拝み、そののちお休息の間《ま》へ戻って朝餉をとる。

目付は、綱吉が朝食を摂っている間に、目通りをすませるのが慣例であった。

将軍家お休息の間は、中奥の中心部にあった。かつては、表に近い御座所で将軍は寝起きを含め生活していたが、一年前に御用部屋前で起こった刃傷《にんじょう》事件の余波をうけて、御用部屋から離れたお休息の間へ移った。

「目付衆、報告に参っておりまする」

毎日のことながら、取次をする小姓組番士が声を張りあげた。

「うむ」

食事をしながら綱吉がうなずいた。

許可を受けて、当番目付と暁がお休息の間へ入った。下段襖際へ座って、二人は額を畳に押しつけた。

「上様のご威光をもちまして、御城《おんしろ》こともなく、無事にございまする」

当番目付が言上した。

「大儀」

鷹揚《おうよう》に綱吉が首を縦に振った。

これで恒例の行事は終わった。

畳のあとがつくくらい頭をさげていた二人が、ゆっくりと上体をあげた。正座から中腰に起きて、そのまま下段の間から去る。そのとき、まちがえても敷居や畳の縁《へり》を踏んではいけない。

「……………」

当番目付に続いて、無言で退出しようとした暁を綱吉が呼び止めた。

「待て。鷹垣であったな」

「はっ」

慣例にない綱吉の行動に、暁をはじめ周囲にいた一同が、驚愕した。

「役目はどうじゃ」

「力いたりませず、まだお役にたてているとは、申しかねまする」

「そうか。なにごとも経験である。一所懸命に務めよ。なにかあれば、いつなりとても躬《み》のもとへ報せよ」

懇切に綱吉が言った。

「かたじけなきお言葉」

その場で三度暁は平伏した。

「思うがままにいたせ」

さらに一言綱吉がくわえた。

お休息の間から目付部屋へ戻る途中、当番目付が暁へ声をかけた。

「おぬし、上様となにかかかわりがあったのか」

目付は重要な役目である。旗本中の旗本として、羨望《せんぼう》のまなざしを向けられる存在ではあるが、家禄は千石に満たない。とても将軍が名前を覚えるほどのものではなかった。

「いえ。とくになにも」

言われて暁も首をかしげた。

暁が綱吉に目通りしたのは、今朝を入れて三度であった。

一度目は、父の跡目を継いだとき、二度目が目付を命じられたおりである。

「鷹垣の家が、ご一門だということもないのだな」

「ございませぬ」

三河以来の旗本ではあるが、鷹垣家は徳川家と主従以外の縁《えにし》はなかった。

「ふうむ」

当番目付が黙りこんだ。

暁も、己が目付へ選ばれた理由がどこにあるのか、疑問に思った。

宿直《とのい》の翌日は、勤務もゆるくなる。

大名の目通りの同席や、諸門の見回りなどは、免除される。目付部屋で待機し、万一のおりに備えるだけでよかった。

「少し調べものをいたして参りまする」

暁は、二階へと上がった。

「これは。また、お調べものでございまするか」

先日の徒目付が、暁を迎えた。

「ああ。また会ったな。貴殿の名前は。拙者目付鷹垣隼人正である」

礼儀として暁は、まず名のった。

「徒目付柿谷多門でございまする」

「柿谷氏《うじ》か。なにか頼むこともあろう。よしなにな」

あいさつをすませて、暁はそそくさと書庫へ足を踏みいれた。

「堀田筑前守どのとなれば、探すのは一つだけでいいはずだ」

暁は貞享元年（一六八四）八月二十八日の記録を出した。

幕府を震撼《しんかん》させた刃傷がそこに記されていた。

二十八日は、月次《つきなみ》登城の日であった。江戸に在府している大名たちが、将軍綱吉への拝謁を求めて、登城していた。

居並ぶ大名たちを蹴散《けち》らすようにして、御用部屋へ入った大老堀田筑前守正俊《まさとし》は、すぐに従兄弟《いとこ》である若年寄稲葉石見守正休《いわみのかみまさやす》から呼びだされた。

「なんじゃ、御用繁多だというに」

御用部屋坊主から、稲葉正休が面会を求めていると聞かされた堀田正俊は、文句を言いながら立ちあがった。

御用部屋は将軍お休息の間と並んで、出入りが厳重に制限されていた。老中と文書作成を担う右筆、雑用係の御用部屋坊主以外はたとえ若年寄であろうとも許可なく足を踏みいれることはできなかった。

稲葉正休が、堀田正俊に会いたいとなれば、呼びだすしかないのだ。

「どうした。御用ならば聞くが、私用ならば、屋敷に帰ってからにいたせ」

堀田正俊は機嫌の悪い顔を見せた。

稲葉正休と堀田正俊は、親しく往来していた。稲葉正休が、若年寄になれたのも堀田正俊の引きによるところが大であった。

「筑前守どの……」

小さな声で稲葉正休が言った。

「昨夜も会っていたではないか。そのときになにか言い忘れたのか」

堀田正俊が、稲葉正休へと近づいた。

「天下のためでござる」

不意に稲葉正休が、脇差を抜いた。

「な、なにをする。殿中ぞ」

白刃のきらめきに、堀田正俊が驚愕した。

「………」

無言で稲葉正休が斬りかかった。

「うわっ」

鑑賞と手入れ以外で真剣を抜いたこともない堀田正俊の身体が、白刃の雰囲気に押されて固まった。

稲葉正休の脇差が、堀田正俊の右肩を斬った。

「ぎゃっ」

式日《しきじつ》であったことが幸いした。糊のきいた裃で切っ先が滑り、思ったほどの傷とならなかった。

痛みで堀田正俊の金縛りが解けた。

「ろ、狼藉者《ろうぜきもの》ぞ」

悲鳴のような声をあげながら、堀田正俊は御用部屋へ逃げこもうとした。

「ご免」

追撃を稲葉正休が放った。脇差が堀田正俊の後頭部を傷つけた。

「うわああ。助けてくれ」

堀田正俊が倒れた。

「一族のため、死んでくだされ」

倒れた堀田正俊へ馬乗りになって稲葉正休が何度も斬りつけた。

「さわがしい。なにごとぞ」

ようやく御用部屋の襖が開き、なかから老中たちが出て来た。

「これは……」

「なにをいたしておる、石見守」

目の前の惨状を見た老中たちが絶句した。

「………」

呼びかけにも答えず、黙々と稲葉正休は堀田正俊に斬りつけていた。

「これでいい」

堀田正俊へとどめをさした稲葉正休が満足そうに立ちあがり、持っていた血塗られた脇差を足下へ捨てた。

「乱心か。筑前守さまをお助けいたすぞ」

最初に脇差を抜いたのは誰かわからなかった。

いかに殿中法度で鯉口《こいぐち》三寸切ればお家断絶その身は切腹と決まっていても、目の前で大老が斬られているのを見すごすわけにはいかなかった。それこそ、怯懦《きょうだ》とそしられて罰を受けることになる。武士として臆病との汚名だけはなにがあってもさけなければならなかった。

大久保加賀守忠朝《おおくぼかがのかみただとも》ら老中がいっせいに稲葉正休へ斬りかかった。

「わあ」

阿部豊後守正武《ぶんごのかみまさたけ》、戸田山城守忠昌《やましろのかみただまさ》も叫びながら脇差を振るった。

「ぐえっ」

稲葉正休が、苦鳴をあげた。

「て、手向かいはいたさぬ」

「乱心者め」

「慮外な」

「……………」

老中たちは抵抗しない稲葉正休を膾《なます》のように斬り刻んだ。

「ひえええええええ」

凄惨《せいさん》な状況を見ていた御用部屋坊主が大きな悲鳴をあげたのを合図に、惨劇は終わった。

読み終わった暁は、納得いかなかった。

「疑問が多すぎる」

晩は書付を置いた。

「なぜ稲葉石見守は大老堀田筑前守へ斬りつけたのか。これが永遠にわからなくなっている。老中たちはどうして稲葉石見守を殺さず捕まえなかったのか。抵抗した様子はないのだ。生かして評定にかけ、わけを糺すべきであった。乱心と一言で片づけてあるが、それまでに奇行などの前兆があったなどとは書かれていない。刃傷の事後の態度も乱心者とは思えぬ。乱心ならば、他の老中たちへ襲いかかって当然ではないか」

ふたたび晩は書付をめくった。

「真実を知る唯一の者を殺してしまうという大失態を犯しておきながら、老中の誰一人として罪を受けた者はいない。皆、このあとも御用部屋にいつづけた。第一の寵臣を殺された上様も何一つされた様子がない。これはどういうことだ」

晩は大きな陰の一端を見つけた。

第二章　闇の浮上

一

居合いは鞘うちで勝負を決する。

敵との間合い、太刀の長さ、足下の状況、そのすべてを理解したうえで、気迫が満ちるのを待って、一気に勝負を決する。

神速、居合いの極意であった。

五百旗平太郎は、糸を吐くように息を吐き、摺《す》るようにして左足を前へ出した。

「おうりゃああ」

裂帛《れっぱく》の気合いを吐いて、平太郎が腰をひねった。

白光が、朝の清冽《せいれつ》な空気を斬り裂いて走った。

「えい。やああ」

斬り降ろした太刀を止めず、逆袈裟に上げ、水平に薙《な》ぐ。流れるような動きで平太郎は舞った。

「ふううう」

日に千本の抜刀から太刀振り、平太郎が課している修行であった。

有明のころから初めても、終わるのは昼ごろになる。数をこなすのが目的ではなく、一刀ごとに気をこめる。気迫がのらねば、それこそ小半刻（約三〇分）微動だにしないこともあった。

井戸端で汗を拭《ぬぐ》った五百旗平太郎が、食事のために屋敷へと入った。

「飯だ」

「用意してございますよ」

台所の板の間に平太郎の膳が用意されていた。

「また菜の煮物か」

膳を見た平太郎がげんなりとした顔をした。

「お役について下されば、魚もだせまするが」

答えたのは、平太郎が生まれる前から屋敷に勤めている女中の松《まつ》であった。

「………」

剣術にのめりこみ、何度かあった役付の機会を棒に振ってきた平太郎は、言い返せなかった。

「いまさら、お役に就いてくださいましとは申しませんが、せめて奥さまだけでもお迎えになってくださいませ」

無言で飯をかきこんでいる平太郎の前に、松が座った。

「わたくしももう五十をこえました。最後までこちらでお世話になるつもりでおりまする。なれど、わたくしの亡きあと、殿さまがどうなさるかと思えば、おちおち眠ることもできないのでございまする」

松は一度嫁に行ったが、夫を亡くし、五百旗家へ出戻ってきた。何度か後添えの話があったにもかかわらず、首を縦に振らず、ずっと平太郎の世話を続けていた。

「妻か。こんな貧乏御家人の家へ来てくれる物好きなどおらぬわ」

お代わりを松に突きだしながら、平太郎が首を振った。

「そのようなことはございませぬ。先日もお隣りの山下さまが、ご縁談をお持ちくださったではございませぬか。くわしいお話もうかがわず、お断りになってしまわれましたけれど」

「わかった、わかった。次に来た縁談は会わずに断るようなことはせぬ」

おむつのころから面倒を見てもらったのだ。平太郎は松に頭があがらなかった。

「本当でございますね。二言はございませんね」

二度も松が念を押した。

「うむ」

さっさと話を終わらせたかった平太郎はうなずいた。

「ちょうどよいことに、先ほど組頭岩田《いわた》さまからご縁談が……殿さま。まったくもって」

さっと消えた平太郎へ、松が恨めしそうな声をかけた。

屋敷を飛びだした平太郎が、足を止めた。

「困ったな。どこへ行くこともできぬ」

無役の御家人ほど暇なものはいない。一年家から出ずとも困らないかわりに金もなかった。

禄米はお玉落としのたびに札差しが代わりに受けとり換金して、届けてくれる。けっこうな手数料を取られるが、ものの商いなどしたこともない御家人にはありがたかった。しかし一度札差しに借財をしてしまうと、最初にその分を引かれることになり、いっそう金がなくなってしまう羽目になる。そうでなくても物の値が高くなったことで、どこの御家人も生活は苦しかった。

ご多分に漏れず、五百旗家も借金で首が回らない状態であった。

今、平太郎の懐にある金はわずか二百文ほどである。子供の小遣いとまではいわないが、そこらの煮売り屋で飯と酒と菜を喰えば、二食もつかどうかというていどであった。

「しかたない、知のところへ行くか」

平太郎は、暁の屋敷を目指した。

旗本屋敷の大門は、客を迎えるときか、当主の出入りがあるときだけしか開かれることはなかった。

日が落ちるまで閂《かんぬき》をはずされている潜りから、平太郎は鷹垣家へ入った。

「ご免」

「これは、五百旗さま」

門番の小者がすぐに気づいた。

「暁はお城か」

「はい。夕方までお戻りにはなられませぬ」

「知は」

「おられまする」

平太郎の問いに、門番が答えた。

「そうか。いや、いい。台所から顔を出す」

玄関の扉を開けようとした門番を制して、平太郎は庭伝いに台所へと向かった。

「兄上さま」

台所で夕餉の用意をしていた知が、平太郎を見つけた。

「うまそうな匂いだな。馳走してくれぬか」

食事の途中で逃げだしてきた平太郎は、まだ空腹であった。

「よろしゅうございまするが、どうなされたのです」

知が問うた。

「松にな……」

台所の板の間へ腰をおろして平太郎が語った。

「妻を……それはよいことでございまする」

大きく知がうなずいた。

剣術以外まったく興味のない兄平太郎の行く末は、知にとっても懸念であった。

「兄上には、恩もございまするし」

知が女中に用意させた膳を平太郎の前に置いた。

恩とは、暁との仲を取りもってもらったことであった。

兄の親友として五百旗へよく遊びに来ていた暁が、知の初恋であった。番方筋として、毎日武術の鍛錬に励むことが当然とされている五百旗一族と違って、学問に力を注いでいる暁は、知のあこがれであった。

しかし、五百旗と鷹垣では家格が違いすぎた。鷹垣は将軍へ目通りできる旗本であったが、五百旗は御家人でしかない。知の想いは幼き思い出として、心の底に沈められ、似合った家柄へ嫁へ行くことになるはずだった。事実、五百旗の遠縁から知を嫁にという話が来た。十八歳のおりであった。

「父上さまの思われるとおりに」

あきらめた知を平太郎が救った。

「知を嫁にもらってくれぬか」

鷹垣の家を訪れた平太郎が頭をさげた。

「もらおう」

また暁がすんなりと受けいれた。

「おぬしの妹なれば、よく知っている。なにより、おぬしと友人以上の関係となることが楽しみだ」

「いいのか」

平太郎が驚くほどの即断であった。

「うむ。ただ、拙者はまだ学問をやっている途上だ。今すぐというわけには参らぬ。一区切りつくまで待ってくれ」

ただ一つ暁は条件を付けた。

だが、暁の条件は数年後に破られることとなった。暁の父が病に倒れたのだ。父を安心させてやりたいと婚姻が早まった。身分違いとの反対も、状況の悪化が押さえつけた。また病床の父も援護してくれた。

「家柄がよくとも蒲柳《ほりゅう》のたちで子ができぬでは困ろう。五百旗家は御家人とはいえ、武田家の遺臣で、関ヶ原前から徳川に仕えていた。庶民というわけではない。嫁は家柄より身体の丈夫さよ」

こうして、二十六歳の暁と二十歳の知は夫婦となった。

知は誠心誠意義父の看病に努め、学問を重ねる暁を支えた。しかし、孫の顔を見ることなく父は死んだ。

とにかく、知が暁の妻となれた最大の功績者が、平太郎であることはたしかであった。

「殿に申して、兄上さまによい嫁を……」

「勘弁してくれ。妻など娶《めと》ってもどうしていいかわからぬではないか」

平太郎が顔をしかめた。

「まったく。兄上は心許した者だけとしかつきあおうとなさらぬのがよろしくありませぬ。お役に就かれないのも、人づきあいが面倒なだけでしょう」

知が平太郎をたしなめた。

「それより、暁は無事に役目を務めておるようだな」

「……はい」

話題を変えた平太郎に、知の答えははっきりとしなかった。

「うまくないのか」

平太郎が真剣な表情をした。

「お役目は毎日きちっとなされておられるようなのでございまするが……」

知が語尾を濁した。

「どういうことだ」

平太郎が身を乗り出した。

「初めて宿直を果たされた翌日あたりから、物思いにふけられることが多くなられて。もともとお役目のことなどをお話しくださりませぬが……ここ数日は、口を開かれることも減られて」

さみしそうに知が言った。

「原因はわからぬのか」

「まったく」

知が首を振った。

「訊いてみるしかないな。ここで我らが思い悩んでいたところで、なんの解決にもならぬ。訳を知らねば、どうすればいいかもわからぬ」

「お教えくださいましょうか」

「無理にでもな」

平太郎が述べた。


目付という役職は、すべてにおいて杓子定規である。暁は宿直でないかぎり、毎日暮れ六つ半（午後七時ごろ）に下城してきた。

「お戻りいい」

中間の誇らしげな声が、屋敷中に響いた。

「どれ出迎えてやるか」

平太郎も知と並んで玄関式台に控えた。

「戻ったぞ。おおっ、平太郎、来ていたか」

暁は、平太郎に声をかけた。

「ああ」

子供のころからほぼ毎日行き来していたのだ。鷹垣家に平太郎がいることを暁は不思議とも思わなかった。

「ひさしぶりだ。夕餉をともにしようと思ってな」

「そうだな」

暁は平太郎の答えに、気乗りしない返事をした。

「どうした。身体の具合でも悪いのか」

「いや、そういうわけではない。知、馳走を頼む」

平太郎の問いに、暁は声を大きくして妻へ夕餉の用意を命じた。

「はい」

知が台所へと下がっていった。

六百石といえども、武家の生活はつつましい。もともと武士というのは何一つ生み出さず、消費するだけの存在である。泰平の世となり多少の贅沢をするようになったとはいえ、戦がなくなったことで増えるあてを失った禄高の範疇《はんちゅう》で生きていかねばならないのだ。かといって体面を保つことはしなければならない。身体が元手と豪語する日雇い人足たちのほうが、食べものには金をかけていた。

暁と平太郎の前におかれた膳には、煮物と味噌、蛤《はまぐり》の吸いもの、漬けものがのせられていた。

「蛤か。馳走だな」

平太郎の顔がほころんだ。

小普請組二百俵の御家人の生活は貧しいをとおりこして、悲惨であった。小普請組とは、無役の御家人を集めたもので、役料や役高がつくどころか、ぎゃくに小普請金という江戸城補修の費用を分担しなければならなかった。少ない収入からさらにとられるのだ。五百旗家の膳に、蛤がのることなどここ何年も絶えてなかった。

黙々と平太郎が飯を喰った。

「あいかわらず、すさまじいな」

茶碗を手にしながら、暁は平太郎の健啖ぶりに驚いた。暁が二杯の飯を片づける間に、平太郎は五回おかわりをしていた。

「喰えるときに喰っておかぬとな」

平太郎が六回目のお代わりを、知へとつきだした。

本来武家での給仕は家士の仕事である。女は男の食事や着替えに手を出さないのが決まりであった。いつもは家士が暁の身の回りを世話している。ただ、平太郎の来たときだけは、特別に知が給仕についた。

「あまり恥ずかしいまねをなさらないでくださいませ」

七膳目をつぎながら、知が平太郎をたしなめた。

「これで最後にする」

平太郎は平然としていた。

賑やかというか、平太郎の健啖ぶりに圧倒された夕餉が、終わった。

「馳走でござった」

箸を置いた平太郎が、ていねいに頭を下げた。

「粗末でございました」

知が受けた。

「では、白湯《さゆ》を替えまする」

膳を下げた知が、湯飲みを新しくして戻ってきた。

「なにかございましたら、お呼びくださいませ」

ちらと知が平太郎の顔を見た。

「……………」

無言で平太郎が小さく顎を引いた。

しばし沈黙が続いた。

白湯をすり終えた平太郎が、口を開いた。

「なにがあった」

「……なにもないが」

問いかけに暁は、一瞬躊躇《ちゅうちょ》したが、平然を装って答えた。

「無駄なことをするな。俺がおぬしの異常に気づかぬはずはあるまい」

平太郎が静かに告げた。

「……………」

暁は無言で目を閉じた。

「役目の機密ならば、これ以上は問わぬ。そうでないならば、水くさいまねをするな」

うながすように平太郎が言った。

「累を及ぼしたくないなどと抜かしてみろ、終生縁を切ってくれるわ」

いつまでも黙っている暁へ、平太郎が怒った。

「知を連れて帰ってはくれぬか」

暁は決意した目で、平太郎を見た。

「……本気か」

平太郎の声が低くなった。

「去り状はあとで届ける。このまま知を引き取ってくれ」

頭を下げて、暁は頼んだ。

「そんな話がとおるとでも思っておるのか」

「思ってはおらぬ。拙者のわがままとは十分わかっておる」

「わかっていて言うか」

「………」

暁は口を閉じた。

「知を死なせることになるぞ」

小さな声で平太郎が述べた。

「わけなく実家に帰されましたと納得する女か、あやつが。まちがいなく自害するぞ」

「……そこをなんとか」

「おぬしにできぬことを俺にさせるな」

平太郎が拒絶した。

「どうしてもというならば、連れて帰るが……知が死んだときは、おぬしに責任を負ってもらう。斬る」

氷のような殺気が暁を包んだ。

「……ひくっ」

暁は息をのんだ。

「ほう。ずいぶん顕著に反応するな」

一緒に剣の稽古をしてきたのだ。平太郎の殺気を暁は何度も浴びなれているはずであった。

「そんなことはない」

あわてて暁は首を振った。

「六歳から友をやっておるのだ。ごまかせると思うか。数年とはいえ、道場で竹刀をつきあわせたのだぞ。なにより、暁、おぬしは顔に出すぎる」

きっぱりと平太郎が断じた。

「脅されたな」

「……うむ」

平太郎の念押しに、暁はうなずくしかなかった。

「こういうことがあった……」

暁は宿直の夜にあったことを語った。

「大老刃傷の一件か」

江戸中の話題をさらった大事である。平太郎も覚えていた。

「金森斬首とどういうかかわりがあるというのだ」

平太郎がわからぬと首を振った。

「つながらぬ」

暁も困っていた。

堀田筑前守正俊と稲葉石見守正休は、大名同士であった。大名と旗本との間には旗本と御家人以上の差があった。

「やはり駿府へ一度行かねばならぬ。ことの手がかりがかならずある」

決意するように暁は、顔をあげた。

「しかし、その得体の知れぬ声は、駿府に行くより刃傷を探れと申したのであろう」

「そうなのだが……」

結局話は振り出しに戻ってしまった。

「なにより、今、江戸から離れるのは得策ではなさそうだ。駿府までの道中が無事にすむとは思えぬ」

旅の経験をもつ平太郎が止めた。

「江戸でできることをすべてやってから、駿府へ出向いても遅くはあるまい」

「では、堀田筑前守どののことを、もう少し調べてみるか」

平太郎の勧めに暁は首肯した。

「お気をつけて」

帰りぎわ、見送りについてきた妹知へ、平太郎がささやいた。

「気を張っておけ。暁が狙われるやも知れぬ」

「わかりましてございまする」

小声で知がうなずいた。

二

堀田筑前守正俊のことを調べた暁は、その生涯の起伏に目を見張った。

寛永十一年（一六三四）、正俊は三代将軍家光の寵臣堀田正盛の三男として生まれた。まもなく家光の命により、春日局の養子となり、寛永十八年（一六四一）、家綱《いえつな》の小姓として仕えた。

慶安四年（一六五一）、三代将軍家光の死に父正盛が殉死、遺領のうち下野《しもつけ》国新田一万石を分与された。家綱家臣きっての寵臣として出世を重ね、万治三年（一六六〇）に奏者番、寛文十年（一六七〇）若年寄、延宝七年（一六七九）老中へのぼった。

「堀田筑前守どの、最大の功績は五代将軍へ上様をお迎えしたことだ」

右筆がしたためた徳川の記録を暁はひもといていた。

延宝八年（一六八〇）、跡継ぎをもうけぬまま、四代将軍家綱が死の床に伏した。

「将軍の空位は避けねばならぬ」

当時の老中たちは、五代将軍の選定に入った。

「鎌倉の故事にならい、京より宮家をお迎えして、将軍とあおぐのがよろしかろう。

実際の政は、われら宿老衆がおこなえば、なんら支障はござらぬ」

大老酒井雅楽頭忠清《さかいうたのかみただきよ》が、徳川の血筋以外を主張した。

この酒井雅楽頭の発案は、将軍を傀儡《かいらい》となし、己が幕府の権を手にしようと考えた我欲に満ちたものではなかった。

家綱危篤となってから、側室の一人が懐妊しているとわかったのだ。もし、生まれた子供が男子であれば、まちがいなく正統な世継ぎとなる。

「徳川のお血筋をお迎えして五代さまとなしてしまえば、生まれた若君が元服なされたとしても、譲位いただくことは難しい。将軍の座に一度つかれた以上、正統はそのお方の血筋へと移るのが慣例。若君さまは御三家どうようの扱いとなり、別家いただかねばならぬ。それに比して宮将軍ならば、若君さまご元服のおりまで、ご正室をお迎えいただかず、側室もご遠慮願えば、なんの問題もなく、座を降りていただける」

酒井雅楽頭の考えは、深い思案のもとにあった。

「それは妙案」

老中のほとんどが、酒井雅楽頭の意見に賛同した。

一人反対したのが、堀田正俊であった。

「上様には、弟君がおられまする。ともに三代将軍家光さまのお血筋。なにもわざわざ京から、徳川とは縁もゆかりもない宮家を迎えて将軍となす理由などございますまい」

堀田正俊が異を唱えた。

これは正論であった。現実としては、酒井雅楽頭のものが最適であった。しかし、理想としては大きな欠点があった。

一時《いっとき》のこととはいえ、徳川家康の血を引かない者へ将軍の地位を渡すことになる。幕府にとって大きな傷となりかねないだけに、正論を吐く堀田正俊を説得するだけの力が、酒井雅楽頭をはじめとする老中たちにはなかった。

「もしお世継ぎさまがお生まれになられたとしたらどうする」

「綱吉さまも家光さまのお子。将軍となられるになんの支障もございますまい。家綱さまのお子さまがお生まれになられれば、そのときに事後のことは思案いたせばよろしいこと。五代さまをお血筋から離すなど、幕臣として口にするもはばかられる」

「かりそめだと申しておろうが。綱吉さまを五代将軍にお迎えしたあとで、男子ご誕生となれば、幕府は二つに割れることになるぞ」

酒井雅楽頭と堀田正俊、実と理の戦いは、御用部屋を揺るがせた。

「それぞれに案をもちかえり、明日の決議といたそうではござらぬか」

このままでは、らちがあかないどころか酒井雅楽頭と堀田正俊の争いに発展しかねないと、一人の老中が折衷案を出した。

「一刻の猶予もないにひとしいが、世の仕組みを知らぬ若造には、頭を冷やすだけのときを与えてやらねばなるまい。まあ、譜代といえども浅い系譜しか持たぬ小僧には難しいことであろうがの」

よほど腹に据えかねたのか、遠い祖先は徳川とつながる名門であることをひけらかした酒井雅楽頭が捨て台詞《ぜりふ》を残して、席を立った。

「どれ、わたくしめも失礼いたそうか」

「明日にはことを決しましょうぞ」

「備中守どの、よく先を考えてな」

当時備中守と名乗っていた堀田正俊に声をかけて、次々に老中たちも御用部屋を去っていった。

二代将軍秀忠から家綱にいたるまで、嫡子相続が続いたのだ。将軍の選定という重大事は、御用部屋も初めての経験であった。異論を抱えたままで、ことを進めてはのちに禍根を残す。全員一致で推戴申しあげるという形が必要であった。老中たちの心はすでに決していた。残るは堀田正俊だけであった。

「若造とは失敬な……」

一人残された堀田正俊が歯がみした。

「何代前の話を持ち出す気か」

堀田正俊の怒りはおさまらなかった。

酒井雅楽頭がいうように、堀田家は関ヶ原以前から徳川家に仕えていたわけではなかった。堀田家の先祖は、織田信長の家臣であった。

織田信長の死後、小早川秀秋に仕えた堀田正俊の祖父正吉は、小早川家改易をもって浪々の身となった。一族の稲葉美濃守正成の妻、福が三代将軍家光の乳母となったことで、正吉は七百石をもって徳川へ抱えられ、ふたたび世に出ることとなった。

正吉の長男正盛は、家光の小姓として出仕、その男色相手として寵愛を受け、あっという間に出世を重ね、老中にまでなった。

松平伊豆守信綱、阿部豊後守《ぶんごのかみ》忠秋らと並んで寛永の治を担った堀田正盛は、家光が死去すると躊躇なく殉死した。

殉死した臣の家は手厚く保護される。堀田正俊も父の死によって、家綱の子飼いの家臣として確たる地位を築いて来た。

その堀田正俊の栄華につまずきが訪れた。

父正盛の跡を継いだ長兄正信が、何を思ったのか領地を返上し、無断で国元へ帰ってしまったのである。無届けの帰国は重罪であった。本来ならば改易切腹となるところを、父の功のおかげで、死は免じられたが、佐倉藩堀田家はお取りつぶしとなり、正信は弟脇坂安政《わきさかやすまさ》へ預かりとなった。

兄の無謀な行動は、正俊にも影響した。表だっての罰は与えられなかったが、堀田正俊は、登城遠慮をしなければならなくなった。

なれど家綱の堀田正俊への寵愛は変わらなかった。ついに堀田正俊は執政衆の一人として御用部屋へ入った。

しかし、深すぎる寵愛は、嫉妬を招く。

「蛍の息子め」

「裳裾《もすそ》の陰が」

父正盛が家光へ尻を差し出したおかげで出世したことを蛍と揶揄《やゆ》されたり、大奥の主として幕政にまで影響力を発揮した春日局の引きで役に就けたことをあざ笑う陰口は、いつもついて回った。

じっと堪え忍んできた堀田正俊にとって、酒井雅楽頭の捨て台詞は看過できなかった。

「坊主、ご坊主」

御用部屋の雑用をこなす御殿坊主を堀田正俊が呼んだ。

「御用でございまするか」

すぐに坊主が近づいてきた。

若年寄でさえ入室できない御用部屋へ御殿坊主は常駐していた。筆記をとる右筆でさえ人払いされる密談のおりでも、御殿坊主だけは、例外として御用部屋に控えていた。老中たちにとって御殿坊主は、ものの数ではなかった。

「右筆を一人探して参れ」

「すでに下城時刻をかなり過ぎておりますれば……」

難しいと首をかしげながら出て行った御用部屋坊主が、しばらくして若い右筆を連れて戻ってきた。

「ご苦労であった。右筆、ついて参れ」

堀田正俊は右筆を伴って、家綱への拝謁を願った。

「すでに上様ご就寝につき、日をあらためられたし」

宿直の小姓組番士が止めるのを、押しきって堀田正俊は病床の家綱の枕元へ伺候した。

「上様」

手をついて堀田正俊が呼んだ。

「上様」

荒い息をついて反応のない家綱へ、もう一度堀田正俊が声をかけた。

「ご老中どの。上様へご無礼でございましょう」

家綱の肩を揺さぶりかねない堀田正俊を、小姓組番士が諫《いさ》めた。

「控えよ。御上の一大事である」

堀田正俊が怒鳴りつけた。

「なんと……」

御上の一大事と言われて、小姓組番士がたじろいだ。

「さわがしい……なにぞ」

うっすらと家綱が目を開けた。

「上様。堀田備中守にございまする」

すばやく堀田正俊が名乗った。

「備中か。見舞い大儀」

寵臣の訪れを、家綱は喜んだ。

「ご報告申しあげたき儀がございまする……」

御用部屋での経緯を堀田正俊は告げた。

「幕府百年の歴史に禍根を残してはなりませぬ。つきましては、お血筋の近さをとって上様弟君館林宰相《たてばやしさいしょう》さまをお世継ぎにたてられますよう」

平伏して堀田正俊が奏上した。

「そうか。子が生まれるまではもたぬか」

寂しそうに家綱がつぶやいた。家綱は寵臣の口から余命が短いことを報らされた。

「……上様になんということを」

堀田正俊の浅慮を、小姓組番士が恨んだ。

「黙れ。小姓組の口出しすることではない。右筆、上様のお言葉を書き留めよ」

小姓組番士を叱りつけた堀田正俊が、右筆に筆記を命じた。

「上様、ご英断を。天下のためでございまする」

「わかった。館林宰相を西の丸へ入れよ」

迫られた家綱が述べた。西の丸とは将軍の世継ぎが生活する場所であった。

「ただちに館林家へ使者を向かわせまする」

大仰に堀田正俊が平伏した。

「親は我が父に殉じたが、どうやら躬は一人でいかねばならぬようだ。家臣を見る目も父にはおよばなんだな」

急ぎ足で去っていく堀田正俊を家綱が見送った。

翌朝、急ぎ登城せよとの連絡を受けた老中たちは、事態の急転に驚愕した。

「上様より、館林宰相さまをお世継ぎにいたせとの命である」

勝ち誇った表情で、堀田正俊が右筆のしたためた書付を手に宣した。

「……………」

聞かされた老中一同、言葉もなかった。

酒井雅楽頭たちが、一夜の眠りをむさぼっている間に、五代将軍の座は綱吉となり、堀田正俊は寵臣筆頭の座を獲得した。

一つまちがえれば、徳川以外の将軍を頭上にいただくこととなったのだ。それを防いだ形となった堀田備中守正俊は、幕臣の崇敬を集め、宮将軍を発案した酒井雅楽頭の権威が失墜した。下馬将軍とまで言われた酒井雅楽頭は、四代将軍家綱が死ぬなり大老の職を解かれ、権力の象徴として与えられていた郭内の上屋敷は政敵堀田正俊のものとなり、失意の内に死亡した。

「このあとの出世は誰もが知っている」

記録をおいて、暁は独りごちた。綱吉の信任を得た堀田正俊は筑前守と名乗りを変え、大老となった。

「上様のご威光を背景に、堀田どのはやりたい放題だったようだな」

死者にはなんの力もない。

今では、堀田正俊の事跡の多くが、否定されていた。

「稲葉石見守正休を若年寄に引きあげたのも、身内で幕閣をかため、思い通りに幕府を動かそうとした表れである」

堀田正俊の弱点は、譜代としての歴史が浅すぎることだった。徳川家康が今川義元の人質だったころから仕え、苦労をともにしてきた三河譜代たちには、親族をこえたつながりがあった。春日局の縁で幕臣となった堀田家にはそれがなかった。大名としての歴史も短い堀田家には、有力な姻戚もいない。堀田正俊にとって、近い血縁である稲葉家はなにより信頼できる相手であった。

「信用していた一族で、しかも子飼いであった石見守に堀田正俊は裏切られた」

御用部屋の前で、堀田筑前守正俊は冷たい骸《むくろ》となった。

「刃傷の理由は……ほう」

記録には、刃傷の理由として、幕府お手伝い工事におけるもめごとだと記されていた。

「お手伝い工事は、莫大な費用が動く。息のかかった材木屋を使うだけで、千両をこえる賄《まいない》が入る」

金の怖ろしさを暁は知っていた。

「千両なら十分人を殺すだけの理由になるな」

暁はふたたび壁に突きあたった。

金のもめごとで起こった刃傷ならば、調べるほどの意味もない。

「あの男は、拙者を迷わせようとしたのか」

大老が殿中で刺されるなど、幕府の歴史上初めてのおおごとである。なにか裏にあると思わせるのに、これほど都合のいい事件はなかった。

「そこから疑わねばならぬか」

大きく暁は、嘆息した。

二階から降りてきた暁を、残っていた目付たちがいっせいに見た。

「鷹垣氏」

仁科修理介が声をかけた。

「なにか」

暁は問うた。

「いつも書庫に籠もっておられるようだが。ご勉学にいそしまれておるのか。それともなにか調べておいでか」

「………」

一瞬、暁は逡巡《しゅんじゅん》した。

「調べるというほどのことでもございませぬ。なにぶん、まだ五里霧中でございますれば、先例をまず知ることから始めようかと」

事情を暁は隠した。

「それは重畳《ちょうじょう》。少しでも早く一人前になっていただかねば、我らが困る。いかに上様のお声掛かりといえども、他から見れば目付の一人には違いないでの」

皮肉な顔で仁科修理介が言った。

公明正大なだけでなく、能力も求められる目付の選任は、他の役人とは違っていた。欠員あるいは、増員の必要が生じたとき、誰を目付に推薦するかを一同が話し合うのだ。

目付全員の一致で、初めて新任者が決まった。これは、一同が能力を認めているということである。暁のような綱吉の一声でなった者は今までなかった。同じ役目でありながら、互いの監察もおこなう目付にとって、暁は異端であった。

「わからぬことがあれば、辞を低くして訊かれよ。一人で勝手な合点をしては、あとあと大きな失策となりかねぬでな」

「心しておきまする。では、下城時刻のようでござれば、中之口へ参りまする」

暁は首肯して、目付部屋を出た。

「どうもみょうな動きをいたす」

仁科修理介が、苦々しい口調で言った。

「ご一同、いかがでござろうか。徒目付を一人、鷹垣につけては」

当番目付が、暁を見張ってはどうかと諮《はか》った。

「よろしかろう」

「しかるべく」

目付たちが同意した。

「まさかと思うが、上様のご命を受けておるのではなかろうな」

「仁科どの、どういうことだ」

目付の一人が質問した。

「最近の上様のなされよう、ご一同はどうお考えになられる」

仁科修理介が、皆の顔を見回した。

「堀田筑前守正俊どのが、非業の死を遂げられて以来、上様におかれては、政のすみずみまでお手を出されるだけでなく、直接任命される役目以外の者までお決めになる」

「うむ。鷹垣がそのいい例だの」

言うとおりだと、当番目付が首を縦に振った。

「さようでござる。鷹垣のことも本来ならば、上様からお話があった時点で、執政の衆が慣例にないこととお止めなさるのが筋」

「まさにまさに。ここ最近は、ご老中方も、上様のご意向に逆らわぬよう汲々《きゅうきゅう》となされておるだけ」

「たしかに堀田筑前守どのが亡くなられてより、上様へご意見申すお方がおられなくなりましたな」

目付たちが口々に賛意を述べた。

「上様に諫言いたすことは、われらの役目でござる」

目付には将軍と一対一で話をする権利が与えられていた。

「幕府のためと奏上いたしたことで、ご不興を買い、切腹を命じられても恨みには思いませぬが、無駄死にはいやでござる」

はっきりと仁科修理介が言った。

「無駄死に……鷹垣が上様の耳目として、われらがおこないを見ていると」

当番目付が目を大きく見開いた。

「確証はございませぬ。なれど、鷹垣の行動は不審でござる」

「書庫には、かつて我らがなしてきた事跡もござる」

「調べなしておるというか」

さっと当番目付の顔色が変わった。

目付の仕事の責は一人一人が負う。されど、落ち度があった場合は組頭格の当番目付にも累が及んだ。

「……………」

無言で仁科修理介がうなずいた。

「徒目付を一人鷹垣につける。この一件は委細修理介に任せる」

「お引き受けいたす」

当番目付の決定に、仁科修理介がうなずいた。

三

中之口は役人たちの休息場所である下部屋に近く、登城下城でよく使われた。登城時刻である明け五つ（午前八時ごろ）、下城時刻の暮れ七つ（午後四時ごろ）、その前後一刻（約二時間）、目付は役人たちの出入りを見張り、行動を監察するのが決まりであった。

「お先に失礼いたす」

中之口を見渡せる廊下に正座した暁へ、挨拶をしながら役人たちが下城していく。

「……………」

目付は返礼をしないとの慣例にしたがい、暁は無言で座り続けた。

老中や右筆、目付など一部の役人の下城時刻は一定していない。他の役人たちは、城門の閉まる暮れ六つ（午後六時ごろ）に間に合うよう城を出ていく。

「終わったか」

暮れ六つ近くまで待ってから、暁は立ち上がった。すでに日は大きく傾き、残照がわずかに城中を照らしていた。

「お疲れさまでございまする」

薄暗い廊下から声がした。

「どなたか」

暁は誰何《すいか》した。

「柿谷でございまする」

ゆっくりと明かりのなかへ姿を現したのは、徒目付柿谷多門であった。

「貴殿か」

見覚えのある顔に、暁は肩の力を抜いた。

「宿直か」

「いえ。大手門の警衛を見回り、そのまま下城いたすつもりでございまする」

柿谷が首を振った。

「お役目大儀である」

目付と徒目付の格差は大きい。城中の規範とならねばならぬのが目付である。言葉遣いも気にしなければならなかった。暁は尊大な口調でねぎらった。

「鷹垣さまは、宿直でございましょうか」

「いや。これにて下城する」

暁は柿谷と別れると目付部屋へ戻り、弁当などの私物を手に、江戸城を後にした。

布衣格を与えられている目付は騎乗を許され、輪抜き金裏の笠をかぶることもできた。

「お乗りになられましょうか」

迎えに来た庄蔵が問うた。

「いや、歩く」

小さく暁は、首を振った。

暁は馬が嫌いであった。というより武術全般が苦手であった。武家の嫡男として、剣の持ち方、槍の構え方、馬の乗り方は六歳から習わされるが、暁はどれも満足に修了していなかった。とくに馬は駄目であった。

馬に乗れば目の高さが変わる。見なれた町が普段とまったく違う風景になることが耐えられなかった。

「殿さま、馬を引くだけじゃ轡《くつわ》取《と》りがかわいそうでございますぞ」

耳元で庄蔵がささやいた。

「わかっておる。今日は気分がのらぬだけじゃ」

苦い顔で暁は答えた。

「お役に就かれたゆえ、購《あがな》った馬でございましょうに」

庄蔵がつぶやいた。

槍一筋馬一匹と、旗本としての体面を六百石は保つことのできる家柄である。本来ならば鷹垣家も、乗り換えを入れて馬を二頭は飼っていなければならなかった。しかし、戦はなくなり馬の出番も終わった。町乗りしようにも、江戸は人が多すぎ、大通りなどまともに馬が進めるような状況ではない。無駄飯を喰わすには馬は金喰い虫だった。飼い葉の代金はまだいい。なにより面倒なのは、世話をさせる人が必要なだけでなく、日に一度は馬場へ連れ出して走らせねばならないのだ。その手間はかなりの負担であった。鷹垣家では三代前から馬を飼うのを止めていた。しかし、布衣格となったことでふたたび馬をもたなければならなくなったのである。

「……………」

黙々と暁は歩いた。

江戸城大手前を左に進み、一橋御門を出てさらに左へ曲がれば、堀沿いで元飯田町までいける。

江戸城の外堀に面しているだけに、右手は大名の屋敷が門を並べていた。

下屋敷や抱え屋敷など、江戸の外れにあるところでは弛《ゆる》んできているが、江戸城を目の前にする上屋敷の規律は厳しい。門限である暮れ六つを過ぎた堀沿いに人の気配はまったくなかった。

槍持ち、馬の轡取り、若党、暁、挟み箱持ちの順で歩いていた一行の目の前へ、不意に人影が立ちふさがった。

「うわっと」

槍持ちがあわてて止まった。

進路を妨害したのは、やたら背の高い浪人者であった。

「目付、鷹垣隼人正である。道を空けよ」

庄蔵が一歩前に出て告げた。

幕府によって多くの大名が潰されたことで、江戸には浪人があふれていた。禄を失い、職にも就けぬ浪人者に選べる道はそうない。刀を捨てて町人となるか、無頼の親方に雇われて用心棒をするか、あるいは押し借りに身を落とすかである。

押し借りとは、道で武士を見つけては、相身互《あいみたが》いではないかと小金をせびることである。

昨今、人気《ひとけ》のなくなるころを選んで、金銭の無心をする浪人者があちこちに出没していた。

「咎めだていたさぬ間に、立ち去れ」

「鷹垣隼人正だな」

追いはらおうとした庄蔵を無視して、背の高い浪人者が確認した。

「いかにも。拙者がそうだが、貴殿は」

暁は首をかしげた。

「拙者には名前がない。いや、あったが捨てた」

「ふざけたことを」

庄蔵が怒った。

「黙れ。小者。きさまに用はない」

「なんだと」

主人の供をしている庄蔵は、腰に差していた太刀へ手を掛けた。

「よせ。死にたいか。きさまの分まで金をもらっておらぬ。ただ働きは性にあわぬ」

「下がれ、庄蔵」

暁は背の高い浪人者の雰囲気に、危険を感じた。

殺気ではなかった。怒気でもない。あえて言うなら虚無であった。人を殺すことになんの感慨ももたない。背の高い浪人者の持つ気配を、暁はそう理解した。

「……下がれ」

不満そうな庄蔵へ、きびしく暁が命じた。

「けっこうな判断だ」

満足そうに背の高い浪人者がうなずいた。

「用件はなんだ」

暁は、背の高い浪人者を睨みつけた。

「たいしたことじゃない。ただ大人しくしてくれればいい。十日ほど、病でも言いたてて屋敷に籠もっていろ。それであとはなにごともなかったことになる。おまえは職と命と家族を失わずにすむ」

淡々と背の高い浪人者が述べた。

「その十日の間になにがあるというのだ」

「今知らずともよかろう。いずれ嫌でも知れるのだ」

背の高い浪人者が、拒否した。

「明日、屋敷から出てくるようならば、命はない」

すごむでもなく、世間話のように言って、背の高い浪人者は去っていった。

「殿さま……」

呆然《ぼうぜん》と見送った暁へ、庄蔵が声をかけた。

「屋敷へ戻る。話はそのあとだ」

いくら人気がないとはいえ、いつまでも同じところで固まっているわけにはいかなかった。

一同は悄然《しょうぜん》としたまま、元飯田町へと帰った。

屋敷で出迎えた知が、顔をしかめた。

「またなにかございましたか」

二度目である。暁もごまかさなかった。

「さきほど……」

暁は語った。

「どうなさいまするか」

夕餉の用意を後にして、知が問うた。

「十日間籠もるか……」

言いながら暁は笑った。

「で、その間にあったことを後で知って、死ぬまで悔やめと」

暁は、激した。

「殿さま……」

普段沈着な夫の変化に、知がとまどった。

「三十年、後悔に苛《さいな》まれるならば、今死ぬことを選ぶ」

大声で暁が叫んだ。

いきなり素裸足《すはだし》で庭へ降りた暁は、太刀を鞘走らせた。

「こうであったか、それとも……」

めちゃくちゃに太刀を振り、かつて習った剣術を思いだそうと必死になっていた。

身体ができていない。すぐに暁は柄を握る掌に痛みを感じた。

「しかし……」

先ほどまでの興奮が嘘のように、暁の勢いが消えた。

「どうすればいいのだ」

背の高い浪人者には、勝てないと暁は理解していた。己は剣を捨てたが、柳生流の道場で名人と呼ばれた人物を毎日見てきたのだ。背の高い浪人者の実力がどのくらいなのか、見抜いていた。

「夕餉の用意を」

そっと知が出ていった。

「庄蔵、これを五百旗へ」

知はひそかにしたためた手紙を手渡した。

「よろしいので」

すぐに庄蔵は中身を推察した。

「ええ。殿さまは、かならず無理をなさいます。それを止められるのは、兄しかおりませぬ」

知は暁の性格を見抜いていた。

「お役目の方へ訴えてはいけませぬのか」

庄蔵が訊いた。

目付を脅したのだ。届け出れば、町奉行所なりの探索が始まる。

「たった一人の浪人者を怖れて、御上へ手助けを願ったとなれば、鷹垣家は旗本としてやってはいけませぬ。少なくとも目付は解任されることとなりましょう」

小さくではあったが、知ははっきりと首を振った。

「殿さまは、そのような卑怯未練なまねはなさいませぬ」

「子供のころから負けん気だけは、お持ちでございましたからなあ」

大きく庄蔵がうなずいた。

「わたくしは、殿さまに死んでいただきたくはございませぬ。そのためには、あらゆる手を惜しみませぬ」

知が宣した。

「えっ」

庄蔵がわからないという顔に変わった。

「五百旗さまへ警固をお願いするのではございませぬのか」

「いえ。兄には徹底して殿さまをしごいていただきまする。今、お庭で剣を振っておられる殿さまのお相手をしていただこうと思いまする。あきらかな付け焼き刃ではございまするが、殿さまはきっとお受けになりまする。少しでもましになるだろうとお考えになられましょうから」

娘のときから見続けてきたのである。知は暁の行動を読んでいた。

「あとは、十日ほど足腰が立たぬように……」

「……行って参りまする」

首をすくめて庄蔵が出ていった。

「夜間に呼びだすのは勘弁して欲しい」

やってきた平太郎が、知へ文句を言った。

「もう寝床へ入っていたのだぞ」

油代にもことかく五百旗家では夕餉が終わると、さっさと就寝する。

「存じあげておりまする」

つい数年前まで、そこにいたのだ。知は兄の抗議を受け流した。

「この声は……暁か」

平太郎が、庭で刀を振りまわしている暁に気づいた。

「またなにかあったな」

「はい。このようなことが……」

「目付を脅すとはいい度胸だといいたいところだが、浪人者一人でできることじゃないな。後ろに誰か相当な奴がいる」

知から話を聞いた平太郎が言った。

「それで、おまえは暁を出歩かせたくないのだな」

「はい」

妹知の策略を、平太郎は確認した。

「よく見ているようで、おまえは甘いな」

「どういうことでございましょう」

知の質問へ答えず、平太郎は庭へと向かった。

庭では、屋内から漏れる明かりを頼りに、暁が太刀を振るっていた。

「ほお」

平太郎が感嘆した。

「型は覚えているようだな。もっとも筋ができておらぬゆえ、とても人を斬れたものではないが」

遠くから平太郎が声をかけた。

「めずらしいことをやっているじゃないか」

「……へ、平太郎か」

暁は手を休めた。

「どうした。机に向かいすぎて腰でも弱くなったか」

冗談を口にしながら、平太郎が近づいた。

「聞いたのであろう」

不意に平太郎が来た理由を暁は見抜いていた。

「おまえに隠しごとはできぬな。しかし、暁よ。我が妹ながら、いい女を嫁にしたな」

平太郎がしみじみと言った。

「ああ」

暁も首肯した。

「で、知はおぬしになにを頼んだ。おそらく、稽古との形で、足腰立たぬようにしてくれ、だろうが」

しっかり暁は見抜いていた。

「しかし、我が妹ながら、浅い」

さきほどとは逆のことを平太郎が口にした。

「そう警戒するな。おぬしとの二十年をこえる友誼、捨てる気はないぞ」

平太郎が手を振った。

「では、なにを」

「見物に来たのよ。覚悟を決めた武士の顔をな」

ゆっくりと平太郎が暁を見た。

「いい面構えだ」

平太郎が褒めた。

「暁、あとのことは気にするな。俺ができるだけのことをしてやる」

「すまぬ。知のことを頼む」

暁は頭をさげた。

「うむ。知と腹のなかの子は引き受けた」

「……なんだと」

さりげなく言った平太郎の言葉に、暁は驚愕した。

「なにを驚いているのだ。まさか、おまえたち夫婦の営みをおこなっておらぬと言うのではなかろうな」

「そのようなことはないが……しかし、知から子ができたとは聞かされておらぬ」

「まだしるしがないだけのことだろう」

「知がわからぬことを、どうしておぬしが」

暁は首をかしげた。

「だから申したであろう。知と褥《しとね》をともにしておるならば、いつ子ができても不思議でもなんでもあるまい」

「……平太郎」

平然としている平太郎に、暁はあきれた。

「違うと言いきれるか」

「それは……」

「ならば、そうなったときのことも考えておかねばなるまい。武士の覚悟とは、後事の憂いをなくして初めてなるものではないか。後ろ髪を引かれることがあれば、腹切る脇差の先が鈍るであろう」

「考えが狭くなっていたようだな」

平太郎の本意を悟った暁は大きく嘆息した。

「つきあえ。知、酒を」

暁は、太刀を鞘へと納めた。

「で、その浪人者はどんなやつだ」

書院で酒を酌《く》み交わしながら、平太郎が尋ねた。

「やたら背が高かったな。おそらく六尺（約百八十センチメートル）はゆうにあった」

「太刀の長さはどうであった」

「長いという感じは受けなかったな」

「短いとも思わなかったか」

「ああ。身にあっている気がした」

思いだすように暁は目を閉じた。

「定寸じゃなさそうだ」

平太郎がつぶやいた。

幕府は二尺八寸（約八十五センチメートル）以上の太刀を禁じていた。背の高い浪人者はその決まりを破っていると平太郎が述べた。

「脇差も太刀と比べて長くも短くもなかった。鍔《つば》は透かしのない南蛮鉄もの。あと太刀に対し、脇差が立っているような差しかた。足下は草鞋《わらじ》。わずかに左の人差し指にかかる紐《ひも》がすり切れていたようだ」

暁は、背の高い浪人者のようすを目の前にいるがごとく語った。

「相変わらず怖ろしい奴だな」

聞いていた平太郎があきれた。

「大柄な者は、上から重みで押し斬るように被さってくるか、手の長さを利用した遠き間合いを利とするかだが……それだけじゃなさそうだな」

平太郎が表情を引き締めた。

「どうするつもりだ」

「ことは明日だ。今晩は泊めてくれ」

「いいのか。届け出なしの外泊は法度ぞ」

「小普請組の御家人が、どこへ泊まろうとも気にする奴などおらぬわ」

「目付の前で、いい度胸だな」

ようやく暁は笑った。

四

翌朝、いつもの時刻に鷹垣家の表門が大きく開かれた。

「ご出立ううう」

庄蔵がよく通る声を出した。

槍持ちが穂先を門にあてぬようかたむけながら、最初に歩きだす。

「いってらっしゃいませ」

玄関式台へ三つ指を突いた知が、見送った。

元飯田町には、役付の旗本屋敷が多い。あちこちで同じ光景が見られた。

暁の後ろ姿が見えなくなるまで式台に正座していた知が、すっと膝だけで身体の向きを変えた。

「なぜ、兄上はここにおられるのでございまするか」

咎めるような口調で知が詰問した。

「殿の、夫の、警固をしてくださるのではないのでございまするか」

外から見えない玄関奥に、平太郎が座っていた。

「安心しろ。いかに無謀な輩《やから》といえど、登城の途上を襲うことはない。見てみろ、次から次と役人たちが、続いておる。こんな人目の多いところではどうしようもあるまい。どこから邪魔が入らぬともかぎらぬのだ」

役人のなかには大番組や書院番組のように武で仕える者もいる。同じ旗本が無頼の浪人に襲撃されているのを見すごすことはなかった。

「登城は同時刻だが、下城は役目によって違う。なにより目付の下城は遅い。狙うならばそこだろうな」

「では、帰りは……」

「ああ。行く。心配するな。暁はかならずおまえのもとへ帰してやる」

「お願いいたしまする」

知が深々と頭をさげた。

「暁の裃と袴、あと新しい白足袋を一組用意してくれ」

「そのようなもの、どうなさいますので」

怪訝《けげん》そうに知が首をかしげた。

「挟み箱に入れ、迎えの中間に持たせておいてくれ」

平太郎は詳細を告げなかった。

役付き旗本は、朝から夕刻までお城にあがる。供してきた者たちは、その間大手前で待っているわけにもいかず、一度屋敷へ戻り、夕刻もう一度迎えに出ていくのだ。

「それはかまいませぬが。兄上と殿では、身体付きが少々違いまする。裃が少しきつうございますぞ」

「わかっている。ほんの小半刻（約三〇分）ほど身につけるだけだ。頼んだぞ。あと恥ずかしいが一分つごうしてくれ」

情けなさそうな顔を平太郎がした。

「よろしゅうございまするが、なににお遣いに」

「太刀の手入れをしたい」

平太郎が太刀を持ちあげて見せた。人を斬るためには、準備が必要であった。

「はい。今すぐ」

知が奥へと入り、すぐに戻ってきた。

「すまぬ」

「いいえ。きっと……」

「任せよ」

しっかりうなずいて鷹垣家を出た平太郎は、その足で神田にある研ぎ師を訪れた。

「これを白研ぎに」

研ぎ師は平太郎の求めに目をむいた。

「試し斬りでもなさるおつもりでございますか」

「そんなところだ」

平太郎はごまかした。

白研ぎとは、刀身全体に荒い目の研ぎをかけることである。細かい傷が刀身につくことで、錆《さ》びやすくなるが、続けて斬っても切れ味が落ちにくい。

「よろしゅうございますが……数日で錆《さび》が浮きまする」

「明日にはまた本研ぎを頼むゆえな」

「承知いたしました」

研ぎ師が承知した。

白研ぎにした太刀を腰に、平太郎は夕刻大手前へと向かった。

大手前は主を迎えに来た家臣たちで混雑していた。

「五百旗さま」

庄蔵が手をあげた。

「荷は持ってきたか」

「ここに」

中間が挟み箱の蓋を開けた。

「よし、少し人垣を作ってくれ。着替える」

平太郎はその場で衣服を脱ぐと裃に着替えた。

「あとは暁が下城してくるのを待つだけだ」

周囲から見えぬよう、庄蔵や中間たちのなかに平太郎が身を潜めた。

四つを過ぎると大手前の人数も大きく減っていく。六つともなれば、数えるほどしかいなくなる。

「お先に」

暁はいつものように目付部屋を後にした。

大手門を警衛する書院番士に黙礼をした暁を徒目付柿谷多門がじっと見つめていた。

「待たせたか」

「ああ。十分待ったぞ」

暁と平太郎が顔を見あわせて笑った。

「入れ替わる。笠を貸せ」

平太郎が暁から輪抜き金裏の笠を借りた。

「上だけ脱げばいいのだな」

暁はすばやく継ぎ裃の上だけをはずした。

「俺の後ろへ隠れるようにな」

平太郎が立ちあがった。

「行くぞ」

一行は平太郎を主《あるじ》のようにして進んだ。

「みょうなことを」

早変わりに気づいた柿谷が、後をつけ始めた。

ゆっくりと歩みながら平太郎は庄蔵たちに指示していた。

「背の高い浪人者が出て来たら、槍持ちは暁のところまで下がれ。庄蔵は悪いが、俺の前で一応の構えをしてくれ。いきなり下がられては、俺が偽者だとばれてしまうからな」

「はっ」

庄蔵たちが首肯した。

「しかし、この輪抜き金裏の笠は、眩《まぶ》しいな」

黒漆に金の輪抜き紋、裏を金箔で貼った笠は、目見え以上の旗本だけに許されたものである。誇りある徴《しるし》として、槍や馬同様に、御家人たちのあこがれであった。

「かぶる日が来るとは思わなかった」

平太郎がこそばゆそうな顔をした。

「前が見にくいだけだ」

暁は笠が嫌いであった。

「文句を言うな。したくともできない者のほうが多いのだぞ」

「……だったな」

たしなめられて暁は、詫びた。

「そろそろだぞ」

一橋御門を出たところで暁は、注意を喚起した。

「いたな」

堀越しに見える左手の御用屋敷が尽きたところで、人影が立っていた。平太郎が見つけた。

「落ち着け。とくに暁、口を開くなよ」

平太郎が念を押した。

「……………」

無言で暁は首肯した。

「大きいな」

暁から聞いていた以上だと平太郎がつぶやいた。

背の高い浪人者との間合いが五間（約九メートル）になったところで、平太郎が足を止めた。これだけあれば、不意に動かれても十分対応できる距離であった。

「きさま、また出おったか」

口を開いたのは庄蔵であった。庄蔵は槍持ちを手で抑え、柄に手をかけながら前に出た。

「鷹垣、せっかくの忠告を無視したな」

背の高い浪人者は、庄蔵を最初から相手にしていなかった。

「……………」

平太郎は沈黙を守った。

「十日寝ていれば、無事にいられたものを……」

すっと背の高い浪人者が前に進んだ。一歩で間合いが半間（約九十センチメートル）減った。

「……ほう」

歩幅の大きさで間合いが変わる。平太郎は驚きの声を漏らした。

「庄蔵、あと二歩近づいたら下がれ」

小声で平太郎が命じた。

「はっ」

庄蔵が背の高い浪人者の足下へ目を落とした。

「ごめん」

二歩数えて庄蔵が引いた。すでに槍持ちは後ろに回っていた。

「家臣たちにも見捨てられたか」

背の高い浪人者が、嘲笑《ちょうしょう》した。

間合いが三間（約五・四メートル）になった。一足一刀、互いに一歩踏み出せば、切っ先が相手に届く、いわば必死の間合いは、普通二間（約三・六メートル）とされている。しかし、手も足も長く、定寸をこえる太刀の浪人者が相手となれば、三間が一足一刀と考えるべきであった。

静かに平太郎が腰を落とした。

「ほう、あらがう気か。まともに剣など握ったこともないだろう。柄に手をかけておけば、斬り殺されても家は残る。立派な心がけとほめてやる……きさま、本気か」

平太郎からにじみでる殺気に、背の高い浪人者が歩みを止めた。

「誰だ、おまえ」

間合いが二間半（約四・五メートル）になった。

「鷹垣ではないな」

ようやく背の高い浪人者が気づいた。

「どうかな。昨日のが偽者かも知れぬぞ」

平太郎が口の端《は》をゆがめた。

「ふざけたまねをしてくれる」

背の高い浪人者が、怒気をあらわにした。

「腕の立つ者を連れてきたのだろうが、同じよ。真剣勝負をしたこともない旗本など、なにほどのこともない。そのあと皆殺しにしてくれるわ」

太刀を鞘走らせながら、背の高い浪人者が笑った。

うそぶくだけの実力を背の高い浪人者は持っていた。後ろから見ている暁でさえ、背筋が凍るほどの鬼気があふれていた。

「かなり殺したな」

言いながら平太郎が、腰をさらに落とした。

「覚えてなどいないが、両手両足の指を足したよりは多い」

じりじりと背の高い浪人者がすり足で間合いを詰めてきた。

「数を自慢するようでは、たいしたことはない」

平太郎が左手で太刀の鯉口をきった。

「減らず口ももうすぐきけなくなる。せいぜい吠えておけ」

背の高い浪人者が太刀を上段へとあげた。

「居合いか」

構えた平太郎を見て、背の高い浪人者が言った。

「馬鹿め。なぜ居合いが剣術ほど広がらぬのか、わかっておらぬ。最初から抜いているのと、今から鞘走らせるのと、どちらが有利かなど言わずともわかる話」

「そう思うなら、来い」

鞘をつかんだ左手を、外へねじって、平太郎が太刀の刃を横に向けた。

「そうそう、名前を聞いておこうか。墓に名前くらいは必要であろう」

踏み出そうと背の高い浪人がした瞬間、平太郎が声をかけた。

「死ぬのはおまえだ。墓は生き残った者が作るものぞ」

気をそがれて背の高い浪人者がいらだった。

「声が大きくなったぞ。他人の目に触れては、つごうが悪いのではないのか」

さらに平太郎があおった。

「黙れ」

背の高い浪人者が怒鳴った。

「殿、五百旗さまはなにを」

庄蔵が問うた。

「剣にせよ、槍にせよ、気を充実させねば必殺の一撃は出ない。笑いながら人は斬れぬであろう。ああやって、平太郎は相手の気を逆立てて、集中させぬようにしておるのだ」

剣であれ、槍であれ、平太郎は理について十二分な知識があった。

「来るぞ」

暁は背の高い浪人者の殺気がふくれあがるのを感じた。

「………」

平太郎も見逃さなかった。

「りゃあ」

大きく右足を踏み出し、背の高い浪人者が大上段の太刀を振り下ろした。

少し右に傾むいた癖のある太刀筋が平太郎の首を襲った。

「きえええええ」

裂帛の気合いを発して、平太郎も出た。

居合いは後《ご》の先《せん》だという。相手の動きにあわせ、臨機応変の対応をするよう見せかけていながら、そのじつ、切っ先はそれ以上速く敵を討つ。

平太郎は背の高い浪人者の真っ向から斬り落としてきた太刀を、左に踏み出すことで空《くう》を斬らせた。

「甘い」

かわされた一撃を背の高い浪人者は、へそのあたりで止めた。左足に力をこめ、身体を右へと回しながら、流れるような横薙ぎへと替えた。

「やる」

思わず暁がつぶやくほど、背の高い浪人者の技はみごとであった。

「しかし、太刀が長すぎたな」

大太刀は重い。重い太刀には勢いがつく。その勢いのぶん、太刀の返しが間に合わなかった。

「おう」

踏み出しながら、腰を強くひねった平太郎は、鞘を後ろへ投げ捨てるような勢いで、太刀を抜いた。

地面をえぐるほどつま先で踏みしめた平太郎は、いっそう腰の回しに力を加えた。身体をひねる勢いが一刀にのった。

一の太刀と二の太刀の差が明暗となった。平太郎の太刀は背の高い浪人者の左脇腹を存分に裂いた。

「えっ」

背の高い浪人者が動きを止めた。平太郎の胴を薙ぎ払うはずだった一撃が勢いを失った。

「りゃああ」

素早く太刀を返した平太郎が、呆然と突っ立っている背の高い浪人者の首をはねた。

夜目にも赤い血潮が一間（約一・八メートル）近く噴き上げた。

「………」

あまりの惨劇に、暁は声を失った。

「ひっ」

挟み箱持ちの中間が腰を抜かした。

ゆっくりと背の高い浪人者が倒れた。

「殺してしまったのか」

背の高い浪人者がくずれ落ちた音で、ようやく暁は吾に返った。

「背後に誰がいるのか、訊けなくなったではないか」

暁は平太郎を責めた。

「とどめを刺すまでが戦いぞ。殺さずに捕らえるなど、よほど腕の差がなくば難しい。見ろ、紙一重だったのだ」

平太郎が、右脇腹へ指をやった。

「うっ……」

継ぎ裃が三寸（約九センチメートル）ほど斬れていた。

「生け捕りにするなどと甘く考えていたならば、倒れたのは、俺だったのかも知れぬ」

懐からだした古布《ふるぎれ》で刀身を拭《ぬぐ》いながら、平太郎がつぶやいた。

「剣術が素養になってしまった昨今、これだけの手練《てだ》れはそうはおらぬ。これほどの者を走狗《そうく》に使えるのだ。相手はそうとう手強《てごわ》いぞ」

平太郎が太刀を鞘へ戻し、合掌して息絶えた背の高い浪人者を拝んだ。

「……………」

あらためて敵の強さを見せつけられた暁は、絶句するしかなかった。

第三章　禍福の縄

一

成功すれば残金を受けとりに来るはずの浪人者が姿を見せなかった。

「やられたのか」

襲撃の失敗は、その日のうちに知れた。

日比谷御門外にある甲府徳川家上屋敷へ戻った留守居役山口主計《やまぐちかずえ》は、夜中を押して主君徳川左近衛権中将綱豊《つなとよ》へ目通りを願った。

すでに奥へ入っていた綱豊だったが、応じて白絹の夜着姿で表御殿へと現れた。

「うまくいったか」

「申しわけございませぬ」

期待していた主君へ、山口主計が詫びた。

「失敗いたしたのか。なにをしている。たかが目付一人ではないか」

「思った以上の遣い手でございました」

「当家の名前が出るようなことはないであろうな」

綱豊が念を押した。いくら将軍の一門とはいえ、幕府の役人を襲ったとなれば、無事ではすまなかった。

「ご懸念にはおよびませぬ。金で浪人者を雇いましたゆえ、当家とのつながりは見つかりませぬ」

山口主計が保証した。

「ならばよいが。どうするのだ。目付ていど放置しても問題はあるまい」

「とは存じまするが、あの鷹垣と申す目付は、いたく上様のお気に入り」

「綱吉を上様などと呼ぶな」

さっと綱豊の顔色が変わった。

「余に来るはずであった五代の座を簒奪《さんだつ》いたしたのだぞ」

「お許しくださいませ」

あわてて山口主計が平伏した。

「あやつは、あやつは、わが甲府家の下につくべき館林の出でありながら、余を追い越して将軍になった」

綱豊の興奮はおさまらなかった。

跡継ぎのいなかった家綱《いえつな》の死に際して、将軍を継ぐ立場にあったのは、御三家と甲府徳川綱豊、館林《たてばやし》徳川綱吉であった。御三家はすでに血統から離れて久しく、家綱の弟と甥のいる現状では候補として弱かった。

実質、五代選定は綱豊と綱吉の争いであった。結局家光からの代を数え、血筋としてより近い綱吉が五代将軍となった。

しかし、徳川が重視する長幼の順から行けば、綱豊になるべきであった。綱豊の父綱重は、家光の三男であり、綱吉の兄であった。甲府家こそ、家綱亡きあとの本家であり、館林家は、その格下に位置すべきであった。

しかし、家綱より綱重が先に死んでいたこともあり、堀田筑前守正俊によって綱吉が将軍に担ぎ出されてしまった。

「僭越《せんえつ》なことをいたした筑前守には、罰を喰らわせてやったが、いまだ綱吉は江戸城の主として君臨しておる。あやつを引きずり落とすには、余こそ徳川の正統であることを証明せねばならぬ。そのためには、神君家康さまのご記録が必要じゃ」

「はっ」

激した主君に押されて山口主計は頭を畳にこすりつけた。

「金森帯刀が持ちこんだ写し、あれの本物をなんとしてでも手に入れよ」

「すでに久能山《くのうざん》には、人をやってございまする」

顔をあげて、山口主計が答えた。

「十日もあれば、殿のおもとに届きましょう」

浪人者が口にした十日は久能山への往復の日数であった。

「余が、将軍となるまであと十日か」

満足そうに綱豊が首肯した。

「老中どもも、余に合力しておる。堀田筑前守の排除をしてやったのだ。裏切るとは思えぬが、それでも注意はせねばならぬ。目付ごときに見破られるとは思わぬが、わずかな油断も致命傷となる。よいか、必ず、目付を排除いたせ」

「信蔵《のぶぞう》を使わせていただきたく」

「甲斐《かい》忍《しのび》をか……よい。許す」

寵臣の願いを、刹那考えて綱豊がかなえた。

「かたじけのうございまする」

山口主計が、ふたたび平伏した。

刺客の襲撃を平太郎に防いでもらったあとも暁は、混乱していた。

「十日の間になにがあるというのだ」

暁は背の高い浪人が漏らした言葉に惑わされていた。

しかし、一つのことに没頭できるほど、目付は暇ではなかった。

「暇《いとま》を許す」

綱吉が短く言った。

参勤交代の多くなる春三月、一年江戸で過ごした大名が国元へ帰る挨拶のため、連日登城していた。

目付は黒書院廊下側襖際に座して、目通りをしている大名の一挙一動を見張らなければならない。

敷居や畳の縁《へり》を踏んでいないか、座する位置はあっているか、平伏の姿勢はもちろん、畳についた両手の開きぐあいまできびしく点検するのだ。

少しでも礼儀にかなわぬことがあれば、綱吉が立ち去ってから、大名を留め、詰問する。場合によっては家老を呼びだして、注意することもあった。

「大膳大夫《だいぜんだいふ》どの、上様ご拝謁の儀終了いたしましてござる」

奏者番の大名が、告げた。

暇ごいの挨拶に来た大名たちは、皆挨拶の品を差しだし、代わりに餞別《せんべつ》を受けとる。それら目録を読みあげるのも奏者番の任であった。

「かたじけのうござった」

毛利《もうり》大膳大夫が、顔をあげた。

「目付どの、よろしいか」

奏者番が暁に問うた。

「けっこうでござる」

問題はなかったと暁は答え、暇ごいの儀が無事にすんだ。

出ていく毛利大膳大夫の後ろ姿を見送って、暁も立ちあがった。

「このあとは、跡目相続の者たちか」

暁は江戸城の廊下を急いだ。

八万騎というのは、かなり誇張されたものだが、旗本の数は多い。それこそ毎日のように家督相続はあった。

そのすべてと対応していたのでは、将軍がたまらない。

大名やよほど徳川にとって重要な家柄でもなければ、一人で跡目相続の挨拶がおこなわれることはなく、家格のそろった者たちがあるていどたまるまで、待たされるのである。

暁もそうであった。父の急病で急ぎ家督相続を届け出たが、数カ月、綱吉への目通りは許されなかった。

「ご一同、目付鷹垣暁である。上様がお通りになるまでここで待たれよ。厠へ参ることも今より禁じる」

江戸城の廊下で緊張している五名の旗本へ、暁は説明した。

身分低き旗本の場合、将軍家お目通りとはいえ、言葉をかけられることなどなかった。将軍は廊下を通過するときに、ちらと見おろすだけであった。

「先導の小姓組番士が、静謐の声をかける。聞こえたならば、礼をいたすように。続いてお使い番が、それぞれの名前を読みあげる。しかし、決して顔をあげられるな。一同の名のりを終われば、足を止めておられた上様が歩きだされる。いっそう深く頭をさげ、拙者が声をかけるまで動いてはならぬ」

江戸城での礼儀作法にまだ慣れていない者への通達も、目付の役目であった。

一同を見渡せる位置へ正座した暁は、綱吉が来るまで、頭のなかで十日の意味することを考えた。

「……」

思いあたることはなにもなかった。堀田正俊と稲葉石見守の刃傷にかかわるか、そこから派生することだとはわかっている。しかし、どのようなものなのか、まったく読めなかった。

「稲葉石見守の家は断絶し、堀田筑前守の古河《こが》藩は無事相続が許されたとはいえ、近々転封させられるとの噂もある」

暁は口のなかで独りごちた。

刃傷をしでかした稲葉石見守正休の青野藩が潰されるのは当然であった。しかし、襲われた堀田正俊の子孫へ懲罰が与えられるとの噂はみょうであった。

「殿中での噂は、御殿坊主から出ることが多い。そして御殿坊主は御用部屋へも右筆部屋へも出入り自在。火のないところから煙は出ぬ」

「お目付どの、なにか言われたか」

家督相続をする若い旗本が、暁の独り言に反応した。

「まもなくでござる。ご一同、気を弛《たる》まされるな」

暁は、旗本たちへ注意を与える振りでごまかした。

それから小半刻（約三〇分）もしないうちに、独特の言葉ともいえぬ声が、聞こえてきた。

「しぃい、しぃい」

先触れの小姓組番士が発する静謐であった。

「平伏いたせ」

綱吉の姿が見えた。暁の命を受けて、五人の旗本たちがあわてて額を下げた。

「上様、このたび家督を相続いたした者どもでございまする。石野竹乃慎《せきのたけのしん》、太田弥一郎《おおたやいちろう》……」

付き従っていたお使い番が、続けさまに名前を読みあげた。

「………」

終わるまで足を止めていた綱吉が、歩き出した。

「隼人正」

綱吉が、不意に呼んだ。

「はっ」

急いで暁は身体の向きを変え、綱吉に正対した。

「励め」

暁を見ることなく、一言だけ発して、ふたたび綱吉が足を運んだ。

「おそれいりまする」

平伏して見送る暁へ、名ばかりの目通りをした五人の旗本がうらやましげな目を向けた。

任をすませ目付部屋まで戻った暁は、脇目もふらず書庫へとあがった。

「またか……」

在室を義務づけられている当番目付が、つぶやいた。

「よろしいか」

仁科修理介が、小声で当番目付に話しかけた。

「鷹垣につけている徒目付から報告がございました。さきほども上様より直々《じきじき》にお声をたまわったとのことでござる」

「なにっ。またか」

当番目付が驚愕した。

「やはり上様より、なにか命じられて目付になったのではござらぬか」

「うむ。そうとしか考えられぬ」

すっと当番目付が天井を見あげた。

「またもや書庫へ籠もりおった」

「なにを調べておるのやら、ちと様子をうかがって参りましょう」

すばやく仁科修理介が立ちあがった。

「気づかれぬようにな」

「すでに徒目付に命じて仕掛けはなしてござる。鷹垣がどれを手にしたかは、なんなく知れましょう」

仁科修理介が胸を張った。


目付が入室しているとき、徒目付は呼ばれぬかぎり、書庫へ足を踏みいれないのが決まりであった。

暁はなんとか手がかりを得ようと必死で貞享元年の記録を紐解《ひもと》いていた。

「これか……」

ようやく暁は、堀田正俊と稲葉正休の刃傷の発端と思われるものをみつけた。

「大坂は淀川土手の普請」

貞享元年春、大雨を受けて淀川が氾濫《はんらん》、大坂に大きな被害を出した。大坂は幕府天領である。ただちに御用部屋は、土手の修復をなすべく、巡見使を派遣することとした。

その巡見使に選ばれたのが、若年寄稲葉正休であった。大坂に着いた稲葉正休は、ただちに現場を視察、河川普請に詳しい商人を招いて、費用の概算を見積もらせた。

「四万両は必要でございまする」

商人の出した数字をもって稲葉正休が帰府、ただちに御用部屋へと報告した。

「ずいぶんと高いな」

聞いた堀田正俊は、存じ寄りの豪商河村平太夫、号して瑞軒《ずいけん》に再度見積もりを依頼した。

「二万両ほどですみましょう」

河村瑞軒の出した数字は、稲葉正休の半分であった。

「あまりに違いすぎる」

いかに身内の若年寄が出したものとはいえ、倍となると認めるわけにはいかなかった。堀田正俊は、河村瑞軒へ工事を命じた。

若年寄が大坂まで出向いて出した見積もりを否定された。稲葉正休にとって、大きな屈辱であった。

「これが刃傷の原因か」

読み終えた暁は、嘆息した。

「たしかに面目は潰されたと思うのも無理はないだろうが……」

暁は記録をもとの場所へと返した。

「このていどで一族の出世頭で、己を若年寄に引いてくれた従兄弟《いとこ》を殺す気になるものか。しかも殿中ぞ」

将軍の居城で刀を抜くことは、謀反と同じであった。己の藩が潰れるだけでことはすまないのだ。その身は切腹、累は一門にもおよぶ。乱心とされなければ、稲葉一族がどうなったことか。

すべてを捨てる理由として、暁は弱いと思った。

「よけいわからなくなった」

いつのまにか無双窓からの光がかげっていた。

「今日はここまでか」

暁は書庫を出た。

「これは、仁科どの」

目の前に、徒目付を従えた仁科修理介が立っていた。

「鷹垣か。また調べものか。熱心なことだが、いったいなにを探しておる。聞かせてもらえば、手伝うこともできようぞ」

「かたじけない。いずれお願いいたす」

仁科修理介の申し出を暁は遠回しに断った。

「では、ご免」

暁は仁科修理介の横をすり抜け、一階へと降りた。

階段を下った暁の姿が見えなくなるまで待った仁科修理介が、書庫へ入った。

「おいっ、蠟燭《ろうそく》を」

「はっ」

徒目付が、手燭《てしょく》を差しだした。薄暗かった書庫を黄色い灯りが満たした。

「さて、どれを見ていたのやら」

書棚に仁科修理介が、顔を近づけた。

「ここの糸がたるんでおりまする」

手燭を近づけて、徒目付が指さした。徒目付が施した仕掛けとは、糸であった。細く白い糸は、目立つことなく書棚に並べられた書付の下へ張られていた。棚におさめられている書付を取り出せば、張っていた糸がそこで引っ張られ、大きくたわむことになる。そのたわみの中心にあたる箇所こそ、暁が手にした書付であった。

「殿中記録か。それも新しいな」

書付を開いた仁科修理介は、すぐに暁が読んでいた場所を見つけた。

「貞享元年春の項か。なにかあったか」

「貞享元年といえば、ご大老さまが殿中で刃傷に遭われたのでは」

徒目付が答えた。

「あれは貞享元年の秋八月の末であった。鷹垣が見ていたのは、改元まもない春ぞ。なにより、あれは稲葉石見守の乱心とわかっておる。いまさら調べなおしたところで、なにも変わらぬ」

仁科修理介は、徒目付の意見を否定した。

二月二十一日、改元があって天和《てんな》四年は貞享《じようきよう》元年と変更された。

「改元の直後にあったといえば、武家服忌令《ぶつきりよう》くらいしかないぞ」

わからぬと仁科修理介が首をかしげた。

服忌令とは、儒学を好む綱吉が布告したものであった。

「血縁者の忌中に服するは、本朝古来からの儀礼なり」

綱吉は、発布にあたってこう宣した。

父母の忌は五十日、服は十三カ月、夫は忌三十日、服十三カ月というふうに、細かく規定され、武家は直臣陪臣を問わず、したがわねばならなかった。

忌は、不浄を避けて謹慎することをいい、門戸を閉じ、生臭物を口にせず、頭髪髭を剃《そ》らないなどきびしい制限があった。

対して服は、汚れを嫌う神社への参詣を避ければ、ほとんど通常と同じ生活をしてよかった。

「上様が出されたものを、なぜ鷹垣が確認した。もしや、服忌令の適応をもっときびしくされるつもりか」

仁科修理介が苦い顔をした。

「当番目付どのと協議せねばならぬ」

書付をもとに戻して仁科修理介が目付部屋へと戻った。

「服忌令か」

聞いた当番目付も嫌な顔をした。

目付にとって服忌令は面倒なものであった。本来服忌とは、お役目のような公《おおやけ》のものではなく、私《わたくし》ごとである。

父親の死は家督相続など、幕府にかかわることも出てくるが、母や妻が亡くなったところで、まったく関係ないのだ。

それを綱吉が細かく規定し、したがわぬ者に厳罰をもって臨むとした。かといったところで、あらたに監察が任命されたわけではなかった。今いる目付で対応することになる。

しかし、目付は旗本の私に眼を光らせるほど暇ではなかった。

「いちいち喪のあった家へ出向いて、魚を喰っておらぬかなどと調べられるはずもない」

服忌令の内容に表だって反対を唱える者はなかったが、目付はそろって顔をしかめていた。

「布告から一年と少し、服忌令違反で罰を与えられた者は皆無」

目付にやる気がないのだ。捕まる者がいるはずもなかった。

「上様は、それがご不満なのでございましょうや」

「かも知れぬな。上様は儒学をお好みになられておられる。また、仏道への帰依《きえ》も厚く、殺生をお嫌いになる」

綱吉の学問好きは有名であった。書物をよく読むだけではなく、四書五経にいたっては、講義することができるほど造詣が深い。

「なればこそ、鷹垣を」

暁が儒学者林羅山の私塾で筆頭の栄誉を受けたことは、目付一同が知っていた。

「そうであろうな」

二人が顔を見あわせた。

「面倒なことになるの」

当番目付が大きくため息をついた。

二

綱吉は、忌日以外大奥で夜を過ごした。

「もう一人子を産んでくれ」

頼むようにして綱吉は側室お伝《でん》の方を抱いていた。

お伝の方は、綱吉が将軍となる前からのお手つきである。延宝《えんぽう》五年（一六七七）長女鶴姫を、七年（一六七九）長男徳松と二人の子供を産んでいた。

しかし、六代将軍となるべき徳松は、天和三年（一六八三）五月、五歳で夭折《ようせつ》していた。

兄家綱に後継ぎがなかったからこそ、己に将軍の座が回ってきたとわかっている綱吉は、子の必要さをひしひしと感じていた。

人というもののどん欲さを綱吉は理解していた。

一度手にしたものは手放したくない。それが天下を統《す》べる将軍位となれば、その思いは格別に強くなる。ただ人は永遠に生きることはできない。ならば、己の持った権を吾が子へ継がせたいと思うのは当然であった。

「はい、上様」

二人の子を産んだとは思えない肢体を綱吉にすりつけて、お伝の方がうなずいた。

「兄の無念がよくわかる」

「……………」

お伝の方は答えなかった。

「命を受けつぐ者を持たずに死んでいく。子がおらぬということは、なにも遺せぬことなのだ。兄が生きてきた証は、なくなってしまった」

「ああ……」

綱吉の動きに合わせて、お伝の方があえいだ。

「躬は嫌だ。たしかに鶴がおる。躬とそなたの間に生まれた子には違いない。躬がこの世に残せるたいせつな命には違いない。だが、鶴は姫じゃ。いずれ他へ嫁に出さねばならぬ。跡を継がせるわけにはいかぬ」

「……上様」

お伝の方が身体をくねらせた。

「男の子をな。伝」

強く綱吉がお伝の方を抱きしめた。一声高くあげて、お伝の方が震えた。

「お始末を」

枕元に置かれていた絹の布へ、お伝の方が手を伸ばした。

「うむ」

仰向けになった綱吉の股間を、お伝の方がゆっくりと拭いた。

「伝……」

先ほどまでと変わったきびしい口調で綱吉が呼んだ。

「はい」

甘《あま》やかだったお伝の方の声も引き締まった。

「どうなった」

綱吉が問うた。

大奥で将軍が側室を抱くのは、お休息の間と決められていた。お休息の間は上下二段に分かれている。上段の間に綱吉と側室が共寝する夜具が敷かれ、警固を担う大奥女中は下段の襖際で控えていた。

上段の間と下段の襖際までかなりの開きがあり、閨《ねや》での睦言《むつごと》は大奥女中の耳まで届かなかった。

「一度襲われたとのことでございまする」

お伝の方がささやいた。

「今日、城中廊下で見た。ということは、退けたか。文だけかと思っていたが、武もなかなかのようじゃな」

「それが、目付が排除したのではございませぬ。目付鷹垣の義兄、五百旗平太郎と申す御家人がしてのけたと」

「ほう」

綱吉が少し目を大きくした。

「襲ったは、甲府の手か」

「浪人者を使われましたので、そこまでは」

申しわけなさそうにお伝の方が首を振った。

「そうか。黒鍬《くろくわ》でも難しいか。しかし、思惑どおりに話は進んでおるな」

お伝の方は黒鍬者小屋権兵衛の娘であった。

「はい」

ふたたびお伝の方が身を寄せた。

「お声掛かりの目付。大名はもちろん、老中さえも咎める権を持つ上様の手。皆、上様の深慮遠謀のとおりに踊り始めましてございまする」

「躬をいつまでも学問好きの偏狭と侮るからよ。伝」

綱吉がふたたびお伝の方の上にのしかかった。

「ああ、上様。黒鍬は上様だけに……」

深い嘆息をお伝の方が漏らした。


将軍以外男子禁制の大奥にも例外はあった。一に医師、二に雑用をこなす小者、三に黒鍬者であった。

黒鍬者とは幕府における中間であった。武田信玄の鉱山衆に端を発する黒鍬者は、作事普請を得意とし、日ごろは江戸城の細かい修理整備を担っていた。

しかし、作事普請は黒鍬者の表であった。

人の入らぬ山奥で、金や銀を探しだすのが任の鉱山衆は、道なき道を駆け、獣たちと戦った。甲州のけわしい山に鍛えられ、忍と遜色《そんしょく》ないほどの体術を誇った黒鍬衆は、幕府の隠密という裏の顔を持っていた。

翌朝、大奥の出入り口である七つ口に黒鍬衆が現れた。

「春待屋水《おつきや》でございい」

抱えた大きな漆塗りの桶には、清水が満たされていた。

「ええい」

大奥との境の扉が開かれ、お使い番の大奥女中が出迎えた。

春待屋水とは、御台所《みだいどころ》の湯浴みに使われるもののことである。毎朝、江戸城一橋御門に近い春待屋の深井戸からくみあげ、大奥まで届けられていた。

「黒鍬衆通りまする」

お使い番の大奥女中が大声をあげながら先導した。

人払いであった。

大奥の女中は雑用をこなすお半下《はした》といえども、いつ将軍の手がつくかわからない。接触はもちろん、必要以外で男を目にすることも避けなければならなかった。

七つ口から御台所湯殿のある北の方までは、かなりの距離があった。黒鍬衆は、捧げた桶から一滴の水もこぼすことなく、運んだ。

十人いた黒鍬者の一人が消えた。水の入った桶を抱えたまま天井へと跳んだ。すばやく天井板をはずすと桶を押しこみ、続いて黒鍬者も天井裏へと入った。

大奥の天井裏は、刺客や忍の侵入に備えて、あちこちに忍返《しのびがえ》しが設けられている。忍びこんだ黒鍬者は、手早く忍返しをはずし、奥へと進んだ。

「…………」

与えられた局《つぼね》で休息を取っていたお伝の方が、天井を見あげた。

「厠へ」

「はっ」

すぐに二人の大奥女中が、立ちあがった。

綱吉との間に二人の子をもうけたお伝の方は、お袋さまと称され、多くの女中を付けられていた。与えられている局も広く、一の間、二の間、それぞれの次の間、化粧部屋、お付き女中の間などがあり、御台所のものには及ばないが専用の湯殿も設けられていた。

厠は局の端、湯殿の隣りにあった。

「打ち掛けを」

厠の前でお付きの女中が、お伝の方の打ち掛けを預かった。

「……」

お伝の方が厠へ入ると、扉が閉められた。

将軍と御台所の厠にいる用便係の女中は、お伝の方につけられていない。

「お伝の方さま」

厠の天井から声がした。

「上様のお言葉じゃ」

用便をたしながら、お伝の方が口を開いた。お伝の方は黒鍬者小屋権兵衛の娘であった。

綱吉の子を産んだお伝の方は、将軍家身内としてあつかわれている。排便は大小にかかわらず、砂の入った小箱へ出し、医師の確認を受けなければならない。振りだけで厠に籠もることはできなかった。

「目付鷹垣に一人つけよとのご命ぞ」

「身辺警護でございましょうや」

「見張るだけでよいとのこと。手助けは無用。ただし、襲い来たる者の身元は調べ置くようにとの御諚《ごじょう》である」

淡々とお伝の方が告げた。

「承知つかまつりました」

「そちらからは、なにかある」

「目付衆が、鷹垣に徒目付をつけましてございまする」

お伝の方の問いかけに、黒鍬者が答えた。

「害となりそうか」

「徒目付風情では、われらの相手にもなりませぬ」

「そうではないわ。上様に害なそうという愚か者が、鷹垣へ手を出すに邪魔となるかと訊いておる。鷹垣は餌ぞ」

「邪魔になるようであれば、始末いたしましょう」

黒鍬者が述べた。

「わかった。行け」

「ご免」

天井の気配が消えた。

股間を拭いて、お伝の方も厠を出た。

番方は三日に一度の勤務である。

一日江戸城に詰めれば、二日休める。しかし目付は番方でありながら、連日出務であった。職務の内容に比して、人数が足りなすぎるのが原因であった。

しかし、休みを取ることはできた。あらかじめ当番目付に事情を届けておけばすんだ。

暁は一日の休養を当番目付へ申請した。

「任に就いたばかりで、疲れが出て来たのであろう。一日体調を整えるのもよろしかろう」

あっさりと暁の願いは認められた。

「あと六日か」

翌朝、暁は庄蔵と中間一人を連れて、浅草日輪寺《にちりんじ》へと向かった。浅草日輪寺は堀田家の菩提寺であり、稲葉石見守に殺された正俊の墓もあった。

「殿、朝からお寺参りでございまするか。しかし、日輪寺にかかわりはございましたか」

庄蔵は古くからの奉公人である。鷹垣家に繋がる者の菩提寺などは記憶していた。

「堀田筑前守どのが菩提寺よ。ちと調べたいことがある」

浪人者に襲われた現場に庄蔵もいた。隠し通す意味もないと、用件を暁は告げた。

「でございますれば、お屋敷を訪ねられたほうがよろしいのでは。たしか堀田さまのお上屋敷は御門内に……」

「門内にはない。すでに新小田原町へと移っておる」

稲葉石見守の乱心として片づけられた刃傷で堀田家は咎められはしなかったが、大老として与えられていた屋敷はすぐに取りあげられていた。綱吉第一の寵臣として、ますますの隆盛を誇るはずだった堀田家にとって、刃傷はあまりの痛手であった。

「堀田家としては、刃傷の一件に触れられたくなかろう。口も重くなる。もっとも菩提寺の僧侶の口が軽いというわけではない。しかし、同情しているはず。刃傷の真実《まこと》をあきらかにするためと申さば、少しは話をしてくれるのではないか」

「さようでございましたか。さすがに若のお考えは深い」

庄蔵が感心した。

「その若というのを、やめよ」

いつまでも子供あつかいされている気がして、暁は若と呼ばれるのが嫌いだった。

日輪寺の歴史は古く、平将門の時代にまでさかのぼる。もとは天台宗であったが、荒廃していた日輪寺を復興した他阿《たあ》によって時宗の道場となった。柳原《やなぎわら》にあったが、明暦《めいれき》の大火で全焼、浅草へ移っていた。

暁訪問の意図を聞くと、僧侶はこころよく応対してくれた。

「堀田さまはまことにご不幸なことでございました。これは、ご葬儀の日にお世継ぎ正仲《まさなか》さまよりうかがったお話でございまする。なんでもあの刃傷の前日、稲葉石見守さまが堀田さまの屋敷まで来られ、深夜にいたるまで語り合われておられたと」

「前夜のことか」

記録で読んだ話だと暁は、身を乗りだした。

「さようで。同席なされていたわけではなかったとのことで、話の中身までご存じではないご様子でございましたが、わずかに聞こえてきたことは、春日局さまの功績を無にするとの稲葉石見守どのが怒鳴り声だったとか」

「春日局さまのお名前」

暁はくりかえした。

「稲葉石見守どのが、帰られるときはどのような」

「ご機嫌はよくなかったそうでございまする。堀田さまもお見送りにたたれなかったとか」

僧侶が述べた。

親戚筋で格下の若年寄とはいえ、来客を見送らないというのは礼儀に反する。暁は堀田筑前守が憤慨していたのではないかと推測した。

「かたじけのうござった。堀田さまへ線香をおあげくだされ」

いくばくかのお布施を置いて、暁は日輪寺を出た。

「どちらへ」

さっさと歩く暁へ、庄蔵が問うた。

「林家へ参る」

上野忍岡にある林家の私塾先聖殿こそ、暁が学問を修めた場所であった。

「先生」

少しでも早く話を聞きたかった暁は、講義中と知りつつ、先聖殿へ顔を出した。

「鷹垣か。あとを頼む」

弟子へ講義を任せた、林鳳岡《ほうこう》が、暁を私室へと通した。

「ご無沙汰をいたしております」

「父君が病を得られて以来……三年になるか」

林鳳岡が述べた。

「お役に就いたそうだな。祝着《しゅうちゃく》である」

「ありがとうございまする」

祝いの言葉へ暁は礼をした。

「これを……」

暁は土産を差しだした。

「八木屋の塩饅頭。覚えていてくれたか」

うれしそうに林鳳岡がほほえんだ。

うす塩で炊いた小豆《あずき》を、甘酒で練った皮に包んだ塩饅頭が、林鳳岡の好物であった。

「茶を点《た》てよう」

いそいそと林鳳岡が茶の用意をした。

酒も煙草も好まない林鳳岡唯一の贅沢が、この塩饅頭であった。

濃いめに点てたお茶で、塩饅頭を三つ平らげた林鳳岡が満足そうに指先を拭《ぬぐ》った。

「馳走であった。で、鷹垣、なにがあった」

林鳳岡がまじめな顔になった。

「書庫へ立ち入りをお許し願いとうございまする」

暁は用件を告げた。

幕府御用学者でもある林家には莫大な数の文書があった。

もともと京の出であった林家の御用学者としての歴史は、藤原惺窩《せいか》の推挙を受けた初代羅山が、慶長十年(一六〇五)家康へ目通りしたことに始まる。

二代将軍秀忠、三代将軍家光の侍講となった羅山は、他にも武家諸法度の起草をおこなうなど、幕府創立期の政策に深くかかわった。とくに羅山の価値を認めたのが家光であった。儒学のなかでも忠義を根本に据える朱子学こそ幕府の学問としてふさわしいと考えた家光は、羅山へ上野忍岡の地を与え、学問所を設立させた。

そこで幕臣に朱子学を教えるかたわら、林羅山は幕府の権威を笠に、国中から貴重な文献を集め、学問所の書庫へ保管していた。

その書庫も明暦の大火には勝てなかった。明暦三年(一六五七)一月十八日から始まった火事は、江戸市中を灰燼《かいじん》に帰し、貴重な文献を集めた書庫も焼き尽くした。

生涯をかけて集めた書物を失った衝撃で林羅山は、火事の四日後七十五歳で死去、跡を継いだ息子鵞峯《がほう》も延宝八年(一六八〇)に亡くなり、林鳳岡が三代目となっていた。

「書庫だと」

林鳳岡の目つきがきびしくなった。

「なにを見たい」

「駿府文庫を」

まっすぐ見つめ返しながら、暁は述べた。

駿府文庫とは、家康が残した文書であった。家康の死後二代将軍秀忠に譲られ、林家が預かっていた。

「他見を禁じられておるのを知ってのうえか」

「はっ」

駿府文庫は家康の遺物である。厳重に秘され、将軍の許しがなければ見ることはできなかった。

「ならば、無駄とわかろう。帰れ」

冷たい声で林鳳岡が断った。

「かたじけのうございまする」

暁が頭をさげた。

「断ったのだぞ、儂《わし》は」

礼を言われた林鳳岡が首をかしげた。

「駿府文庫がこちらにあることを教えていただきました」

「こやつめ」

林鳳岡が苦い顔をした。

明暦の大火から駿府文庫が逃れたことを、暁は確認したかったのだ。

「上様のお許しをいただいて参りまする」

暁は林家を辞した。

用件は午前中に終えた。

「このまま帰ってもな」

屋敷に戻ったところですることもなかった。誰かと、少し話をしたかった。

「平太郎の屋敷へ行くとするか」

暁は市ヶ谷牛込邊坂へ向かった。

「昼餉にかかるな。なにか買って行ってやるか。あれがよかろう」

中間に命じて、暁は目についた魚屋で塩干物を購《あがな》った。

書院番、大番組の与力同心の組屋敷が並ぶなかに五百旗家はあった。

「いるか」

潜りに声をかけたが、返答はなかった。

「殿さま、五百旗さまのお屋敷には門番がおりませぬ」

供してきた中間が教えた。

「では、来客はどうするのだ」

「潜りの鍵はとうに壊れておりまして……ほらこのように」

中間が軽く押すと、小さなきしみ音をたてて潜り門が開いた。

「不用心な。盗人《ぬすびと》でも入ればどうするのだ」

暁はあきれた。盗賊の被害も武士にとっては恥となる。ことと次第によっては家名に傷が付くことさえあった。

「殿さま」

苦笑しながら中間が述べた。

「御家人の屋敷へ入ろうという盗人なんぞおりやしやせん。盗《と》るものがございませんし」

「失敬なことをいう奴《やっこ》だ」

気配に気づいたらしい平太郎が、苦笑しながら迎えに出て来た。

「めずらしいな。暁が吾が屋敷に来るのは、知を嫁にもらってくれた日以来ではないか」

「不意に訪れて悪いと思う。休みをもらい出かけた帰りなのだ。昼餉はまだか、よければこれを。おい」

暁にうながされた中間が塩干物を差し出した。

「おっ。干物か。ありがたい。おいっ、松。鷹垣が干物をくれたぞ。焼いてくれ」

首だけ後ろに向けた平太郎が、大声を出した。

「鷹垣さまが。これはようこそおいでくださいました」

小走りに女中の松が現れた。

「これを食べてくれというか、昼を馳走してくれ」

「汁物と漬けものしかございませぬ」

情けなさそうに松がうなだれた。

「十分じゃ。吾が家でも昼は同じようなものだからの」

気にするなと暁は笑った。

質素な昼餉を終えた暁と平太郎は、縁側で白湯を喫していた。

「俺ではなにもわからぬが、聞くだけは聞いてやる」

湯飲みを置いて、平太郎が問うた。

「堀田家と稲葉家、騒動の根本《ねもと》が少し見えた気がする。しかし……」

答えながら暁は表情をゆがめた。

「日限のことを気にしているのか」

「……うむ」

小さく暁は首肯した。

「おぬしができる範疇のことなのか、あれは。ただの脅しであったのかも知れぬのだぞ」

平太郎がなぐさめた。

「かかわりのないことならば、拙者に話す必要はない。しかも日限まで教えて。なればこそ気になってしかたがないのだ」

「ふうむ」

「なにか大きなことを見落としておるような気がしてならぬ」

暁は苦悩した。

「おぬしが調べ始めたのは、旗本金森某《なにがし》の斬首一件からであったな」

「ああ。拙者が評定と斬首に立ちあった」

「旗本の斬首はめずらしいことだが、ないわけではない。目付が立ちあうのはあたりまえではないか。それがなぜ、狙われることになった」

「調べ始めてすぐの、宿直《とのい》の夜が転機だったのだろうな。大老と若年寄の刃傷を探れと言われた……」

「なぜ、おぬしにそんなことを告げたのだ」

静かに平太郎が訊いた。

「わからぬ。まったく意図は読めぬ」

小さく暁は首を振った。

「その話は正しいのか」

「拙者の目を金森からそらすためだというか」

暁は息をのんだ。

「背中に刃物をつきつけられながら、教えられたのであろ。剣術の道場でよく遣う手だ。命の危険を感じさせてから、与えたものは、心の奥底まで入りこむ」

剣道場で、弟子たちを身体だけでなく精神まで追いこむ修行を課すのは、ただしい筋を心底から覚えさせるためであった。

「いや、違う」

否定の言葉を暁は発した。

「拙者を騙《だま》すつもりにしては、あまりにことが大きすぎよう。金森帯刀の一件から拙者を離したければ、ただ脅すだけでいいはず。この間の浪人者のように」

「隠したい奴と表に出したい奴がいる」

「ではないかと思う」

「目付の権は強大だが、一皮むけば千石たらずの旗本でしかない。幕閣に名を連ねる大名たちと親戚であるわけでもない。そのていどの者になにを求めておるのだろうな」

遠慮なく平太郎が言った。

「目付であれば誰でもよかったのか、それとも、拙者でなければならなかったのか」

暁は目を閉じて息を吸った。

「しかし、かかわってしまった以上、逃げるわけにもいかぬ」

敵とはいえ、背の高い浪人者が死んでいる。暁は決意するしかなかった。

「ならば突き進め、暁」

「ああ。すまなかったな」

深く頭を下げた。

迷いを平太郎が払拭《ふっしょく》してくれたことに、暁は感謝した。

「手助けならいくらでもしてやる。一人で走るなよ」

平太郎が、暁へ釘をさした。

「気をつけよう」

暁はうなずいた。

「ところで、暁」

話を平太郎が変えた。

「あとをつけられているようだが、心あたりはあるか」

「なにっ。あとをつけられているだと」

言われて暁は驚いた。

「門まで出迎えたとき、二つ離れた屋敷の前に潜んでいる奴がいた。じっとおぬしの背中を見つめておったぞ」

「いや、気づかなかった」

「情けないことだが、暁ならば、しかたないか。殺気もなかったでな」

平太郎が苦笑した。

「どのようなやつだ」

「御家人か、小藩の家臣といった感じよ。とくに顔や身体つきに特徴はないな」

「あの浪人者の仲間か」

「どうであろうかな。暁を狙っているというより、見張るといった風情のようだな」

「わからぬ」

まったく暁には思いあたることがなかった。

「正体を確かめるか」

「できるか」

暁が訊いた。

「やってみねばわからぬが、暁の警固にもなろう。おぬしは、何気ない顔で屋敷へ戻れ。少し間を空けて、拙者がついていく。おぬしのあとをつけている奴も、いずれは帰るだろう。うまくいけば、住処《すみか》くらいはつきとめられるやもな」

「頼めるか」

「捕り方のまねなどしたこともない。うまくいかなくとも文句を言うなよ」

「わかった」

潜りを出た暁は、まっすぐ前だけを見つめながら、屋敷へと帰った。その十間（約十八メートル）ほどあとに徒目付がさりげない風を装ってついていた。

「ふうむ。見事に気配を消している」

さらにそのあとをつけながら、平太郎が感心した。

「難しいな」

気配を断つ修行は、剣にはなかった。もともと剣術は人殺しの技である。殺気を強く放ち、敵を射竦《いすく》めて動きを止める方を学んでも、気配をなくす修練はしたこともなかった。

「侍に見えるが、忍か」

平太郎は、暁のあとをつけている者の正体にとまどっていた。

「足運びを見るに、かなりの遣い手のようだ」

忍かどうかの判断はできなかったが、剣術の腕前を見抜くことは、平太郎にとってたやすかった。

平太郎の存在に徒目付が気づいた。

「五百旗か」

うっすらと徒目付が笑った。

徒目付は柿谷多門であった。柿谷は、仁科修理介の命をうけて、暁のあとをつけていた。

「できるな」

すっと柿谷の表情が引き締まった。

「まともにやりあえば、勝てる相手ではない」

柿谷がつぶやいた。

「しかし、しょせんは剣術遣い、隠密の修行を重ねた徒目付の敵ではない」

徒目付は御家人のなかで武術に長《た》けた者から選ばれる。しかし、それは表向きであった。五十人ほどいる徒目付のなかにわずかながら世襲の者がいた。世襲の徒目付、その実態は隠密であった。

隠密と武士は、育ちから違った。

武士というのは子供のときから左腰に重い太刀を差して行動する。そのためどうしても左肩上がりの姿勢となり、歩くときに左足へ重みをかけることで頭が大きく上下に振れてしまう。これでは、いくら衣服を替えたところで、すぐに侍とばれてしまう。

一方、隠密には、身分を変えて町人や僧侶にばけることもある。そのためには身体に癖がついてしまっては困る。代々の徒目付の家柄は、隠密として必要なことを幼少から教えるだけでなく身体もそう作っていた。

「御老中さまに報らせるほどではないか」

五百旗のことを柿谷多門は、どうするか思案していた。

伊賀組が将軍の隠密であるように、政《まつりごと》を担う老中若年寄たちも独自の隠密をもっていた。それが世襲の徒目付であり、柿谷多門は御用部屋の隠密であった。

普段は徒目付として目付の配下にあるが、別命が下れば御用部屋直属の隠密として、柿谷は探索の任についた。

「ふうむ。あとをつけただけか」

暁の屋敷が見えるところで立ち止まった柿谷に、平太郎はほっとした。

「殺気がないとはいえ、刺客でないとはかぎらぬからな」

平太郎は、鷹垣家の門が閉まる音に一瞬目を柿谷から離した。

「どこへ行った」

刹那の間に柿谷の姿が消えていた。あわてて周囲を見わたしたが、平太郎の目は柿谷の姿をとらえることはできなかった。

「……おそるべき敵を相手にしているぞ、暁」

平太郎が、不安を漏らした。

三

休みを終えた翌朝、暁は綱吉への目通りを願った。

「用件はなんじゃ」

側用人が面会の理由を質《ただ》した。

「目付御用でござる」

直接将軍家へ進言報告する権を目付は与えられている。

「しかし、内容を知らずば、上様へ言上のしようがない」

ならばと引き下がることは、側用人としてできなかった。用件も教えられず、ただ目付がお目通りを願っておりますると伝えるだけなら子供でもできた。

「目付御用のさまたげをなされるおつもりか」

暁はすごんだ。

側用人は君側の第一である。つねに将軍家とともにあり、その意志を代行した。若年寄、京都所司代、老中への出世が確約された寵臣がなった。

「うぬ」

千石未満の旗本に圧された側用人の顔色が変わった。

しかし、側用人といえども目付に監察される立場である。側用人の権威をもって、暁を排除したとして、明日にでも別の側用人をつうじて目通りをされてしまえば、身の破滅であった。

「昨日もお願いしたのでございますが、側用人どのに拒まれまして……」

綱吉にそう告げられれば、その場で解任されかねない。頭のいい人物によく見られることだが、綱吉は好悪が激しく、また人物評価を容易に激変させる。寵臣が、いきなり罰を受けて、改易の憂き目にあうことも多かった。

「お目通りがかなうかどうか、うかがってまいる」

側用人が折れた。

「よしなに」

綱吉の側近に敵を作ったと暁は理解していた。

煙草を一服するほどの間で、側用人が戻ってきた。

「お目通りを許される。ついて参れ」

側用人が先に立った。

綱吉はお休息の間上段で、老中大久保加賀守忠朝から政の報告を受けていた。

「関東代官より、品川の宿場に狼が出没、被害拡大しておるとの報告ありましてございまする。つきましては鉄砲組を向かわせたく……」

「人を襲うとは許し難し。害獣とはこのことである。よかろう。鉄砲組を出し、狼を根絶やしにいたせ」

あっさりと綱吉が許可を出した。

「はっ。そのように取りはからいまする。つぎに……」

大久保加賀守が続けた。

ここ最近、綱吉は政のすみずみまで口を出すようになった。細かいことを任せることのできる、三代将軍家光における松平伊豆守信綱のような信頼厚い能臣がいないせいもあったが、堀田筑前守正俊の死は綱吉を大きく変えていた。

「本日ご判断いただきたきことがらは、以上でございまする。ご英断おそれいりたてまつりまする」

深々と大久保加賀守が頭を下げた。

「さがってよい」

綱吉が、手で追い払うように大久保加賀守を下がらせた。

「目付鷹垣隼人正が、控えおりまする」

側用人が暁を紹介した。

「来たか」

満足そうに綱吉がうなずいた。

「上様におかれましては、ご機嫌うるわしく、隼人正恐悦《きょうえつ》至極に存じます」

下段の中央まで進み出た暁は、決まりきった挨拶を述べた。

「挨拶はよい。用件を申せ」

綱吉が急《せ》かした。

「お人払いを」

　周囲を見回して暁は願った。御座の間には小姓組番士、小納戸など多くの者が控えていた。

「鷹垣」

側用人が背後から小声で諫《いさ》めた。

目付が一人で将軍と話す。これはいわば密告であった。他人の非違を直接将軍に告げることは、対象となった者の死命にかかわる。誰かが同席していれば、少しでも助けることができた。

「……一同遠慮せい」

一瞬目を光らせた綱吉が、命じた。

「わかっておろうな」

ささやくように側用人が念を押した。役人たちは出世のため相手を蹴落とす関係でありながら、一方で互いをかばい合っていた。

「………」

無言で暁は見送った。

小姓組番士たちも暁をにらみつけながら、御座の間を離れた。

「憎まれたぞ」

笑いながら綱吉が言った。

「お役目でございますれば」

表情を変えずに暁は答えた。

「で、なんじゃ。老中の誰かでも罪をなしたか」

人払いが必要な話といえば、要職にある者の非違と決まっていた。

「お願いがございまする」

「願いとはの。申してみよ」

非違でないと知った綱吉が、意表を突かれた顔をした。

「林家にお預けの駿府文書を拝見つかまつりたく」

「駿府文書か」

綱吉が聞き返した。

「はっ」

暁は頭を下げた。

「いや。で、どの書物を見たい」

「神君家康公のご記録を拝見つかまつりたく」

「ご記録のなにを調べたい」

きびしい目つきで綱吉が問うた。

「春日局さまについて、調べたく」

畳の目を数えながら、暁は今までのすべてを述べた。

「堀田筑前守、稲葉石見守の刃傷の根に春日局がかかわっていると申すか」

綱吉が言った。

「………」

暁は無言で平伏した。

御座の間に沈黙が訪れた。

「春日局を探る。その意味をわかっておるのか」

「はっ」

しばらくして、綱吉が訊いてきた。

「春日局さまは、御上にとって功績大なお方と理解いたしておりまする。なれど
……」

それ以上暁は言わなかった。

「どうしても要るのだな」

「必要にございまする」

綱吉の確認を、暁は肯定した。

「面《おもて》をあげよ」

「………」

言われた暁は、顔をあげた。

「禁忌に触れることになるやも知れぬ。覚悟せい」

暁の目を見つめた綱吉がうなずいた。

「誰に報告することもならぬ。躬だけに申せ」

「仰せのとおりに」

暁は首肯した。

「しばし待て、林鳳岡へ一筆書いてくれるわ。硯《すずり》を用意いたせ」

大声で呼んだ綱吉に、小姓組番士が応じた。人払いとはいえ、なかの様子がまったくうかがえないようでは、万一の事態に対応できない。小姓組番士たちは、綱吉の声に反応できるよう、上段の間を出たところで待機していた。

「これに」

小姓組番士が奉書紙を用意した。

十分小姓組番士の離れるのを待った綱吉が、筆を走らせた。

「鷹垣、取りに参れ」

「はっ」

膝で擦《す》るように進んで、暁は綱吉に近づいた。

「摂津守」

綱吉が側用人を呼んだ。

「これに」

下段の襖を開けて、側用人中野摂津守が現れた。

「今後、鷹垣が目通りを求めたならば、なにを措いても通せ。たとえ、躬が大奥に入っておったとしてもかまわぬ」

「……承知つかまつりましてございまする」

あまりのことに一拍遅れながら、中野摂津守が受けた。

「鷹垣、無駄にするな」

綱吉が暁へ下がっていいと伝えた。

大奥へ入っていても呼び出せ。綱吉が暁へ与えた許可は、たちまち城内の噂となった。

「聞いたか」

目付部屋もその話題でもちきりであった。

「寵愛第一の柳沢どのにさえ、与えられぬ厚遇」

柳沢とは小姓組番士の吉保《よしやす》のことである。堀田筑前守と稲葉石見守の刃傷を報告に来た側用人牧野備後守が、脇差をさしたままであったことに気づき、これを押しとどめたことで綱吉の目に止まり、お気に入りとなっていた。

「やはり鷹垣は上様とつながっておる」

当番目付がうなった。

「仁科、鷹垣から目を離せ」

徒目付に監視させているなどと知られたら、どのような報復が来るかわからないと当番目付が中止を口にした。

「しかし、それでは、鷹垣がなにをしでかすか、ことが起こってからでないとわからなくなりますぞ。手遅れになりかねませぬ」

仁科修理介が、継続を求めた。

「貴殿の命でやればいい。儂はもう鷹垣とかかわるのをやめる」

当番目付が逃げた。

目付といえども役人でしかない。目付を足がかりにさらなる出世を求めている者がほとんどである。戦場での手柄がなくなった今、禄高を増やす方法は役人として出世するしかないのだ。失策はもちろん、わずかな傷も許されなかった。

「いたしかたございませぬ」

顔をそむけた当番目付に、仁科修理介が嘆息した。

「お申しつけどおりにいたそう」

仁科修理介は、徒目付の詰め所へあがった。

いくらなんでも、将軍へ目通りを願った目付のあとを徒目付につけさせるわけにはいかない。仁科修理介が命じた徒目付柿谷多門は、詰め所で待機していた。

「柿谷おるか」

「これに」

徒目付詰め所で手持ちぶさたにしていた柿谷が、小走りに近づいた。

他の徒目付から離れたところへ、仁科修理介は移動した。

「任を放つ」

「鷹垣さまの行動を報告いたす必要はなくなったと」

柿谷が確認した。

「うむ。ご苦労であった」

それだけ言うと仁科修理介が、詰め所を出ていった。

「上様お声がかりに手出しするのが怖くなったか」

残された柿谷が小さく笑った。

「さて、御老中さまの耳に入れておくべきかどうか。いや、どなたにお話しするべきか。実入りのよいお方でなければ、意味がない。今少し鷹垣の様子を見るが得策か。あやつが見つけたものを利用させてもらわねばの。このまま目見えのできぬ徒目付で終わる気はない」

柿谷がつぶやいた。


綱吉からお墨付きをもらった暁は、ただちに林家へ向かった。

「やはり来たか」

暁を迎えた林鳳岡は苦い顔をした。

「上様のお許しを得て参りましてござる」

懐から暁がお墨付きを出した。

「承った」

うやうやしく林鳳岡が、お墨付きを受けとった。

「ご許可がおりたとなれば、愚昧に言うことはない。ついて参れ、鷹垣」

林鳳岡が立ちあがった。

明暦の大火を教訓とした林家は、書庫を母屋から大きく離していた。

「火が入らぬよう、書庫を二重にした」

「二重と仰せられまするると」

「直接書物を保管している書庫を一回り大きな書庫でおおってある。さらにその隙間を土で埋めた。こうすれば、まずなかが燃えることはない」

自慢げに林鳳岡が語った。

「それだけではないぞ、見よ、周りを」

林鳳岡が両手を拡げた。

書庫を包むようにたくさんの松の木が植わっていた。

「生木が飛び火を防ぐ」

「これならば、火事の被害は抑えられまするな」

暁は感心した。

「裏を読み取るのも学問だと教えたはずだ」

不意に林鳳岡が冷たい声を出した。

「この松はな、火の粉を防ぐのが主たる目的ではない。周囲から書庫を隠すためのものだ」

「他人の目を避けると」

「そうよ。書庫へ誰が入ったか、見られずともすむ。つまりは、書庫に閉じこめてしまえば、密かに始末することもできる」

「先生……」

不意に低くなった林鳳岡の声に、暁は足を止めた。

「おぬしにはせぬ。上様のお許しがある。ただ、そうせざるを得ぬほど、外に漏れては困るものが、ここにある。ただの興味本位ならば、立ち去れ。今ならば間に合う」

最後の機会だと、林鳳岡が勧めた。

「………」

儒学者として仁を説く林家の当主が、秘密を守るためには、人を殺すこともいとわないと言ったのだ。暁はすぐに返事ができなかった。緊張で暁の喉が乾いた。

「……扉をお開け願いたい」

乾ききって貼りついた舌を動かして、暁は言った。

「わかった」

林鳳岡が懐から鍵を取りだし、二つの扉をあけた。

「この書庫には窓がない」

「わかっておりまする」

覗き見、火事、盗難を防ぐためには、窓がないにこしたことはなかった。

「言うまでもないだろうが、書庫のなかのものは塵《ちり》一つといえども持ちだすことは許されぬ。また、筆写も不可じゃ」

「筆写もでございますか」

「当然じゃ。ここにある書物は、あきらかにしてはならぬものばかり。筆写を認めれば、かならず世間へ漏れよう」

「承知いたしました」

命をかけた林鳳岡の覚悟に、暁は首肯するしかなかった。

「儂は母屋におる。錠を締めるときに鍵は不要。用件を終えたならば、かならずこの灯りを外へ持ちだし、戸締まりをいたせ」

書庫の外に置かれていた燭台を林鳳岡が暁へ手渡した。

「では」

受けとって暁はなかへ入った。

二重になっているせいか、扉からさす日の光は、入り口付近を照らすだけで、少し奥へ進めば、書物の背表紙さえわからぬ闇であった。

「閉めるぞ」

林鳳岡が告げた。

「あっ……」

重い音をたてて、扉が閉まった。思わず、暁は不安の声を漏らした。

「だいじない、だいじない」

己で己を落ちつかせるため、暁はわざと声を出した。

「さっさと調べて、外へ出なければ」

暁は手燭を前へつきだし、書庫のなかをまず調べた。一回でことがすむとはかぎらない。どこになにがあるかを把握しておかなければ、毎回迷うことになる。それはあまりにときの無駄であった。

「これは……理気二元論。あちらは性即理ではないか」

ともに朱子学の根本である。思わず暁は手を出しそうになった。

「いかぬ。今日は書物を読みに来たのではない」

手を引っこめながらも、暁はしっかりと朱子学の祖朱熹《しゆき》の著作がどこにあるかを覚えた。

「神君家康さまの日記はどこだ」

暁は、手燭の火をあまり近づけすぎぬよう気を遣いながら、書物の題名を確かめていった。

四

織田信長、豊臣秀吉と同じ戦国を生きぬき、最後に天下を取った徳川家康は、なにごとにおいてもまめな性格であった。

野戦において信長に届かず、攻城戦で秀吉に及ばなかった家康が、天下分け目の関ヶ原で圧勝できたのは、その筆まめさにあった。

家康は豊臣秀吉が死ぬなり、あらゆる手段を講じて諸大名たちを自家薬籠中《じかやくろうちゆう》のものにした。そのために使われた最たるものが、手紙であった。

家康は、関ヶ原合戦の前後だけで百通をこえる手紙を書いていた。

数で勝っていた石田三成率いる西軍は、家康の筆に負けた。

「かならず、あるはずだ」

暁は、家康が駿府へ隠居してからの日記というか、備忘録を探していた。

「春日局さまが、江戸に来られてからのことは大猷院《たいゆういん》さま記でもわかる」

大猷院とは、三代将軍家光の法名である。

三代将軍家光の乳母で、大奥の創設者でもある春日局は、本名於福《おふく》、天正七年（一五七九）、美濃の武将斎藤内蔵助利三《くらのすけとしみつ》の娘として生まれた。父斎藤利三は、明智光秀の宿老として本能寺の変に荷担、織田信長を殺したが、山崎の合戦で敗死、一族は四散した。

於福は母方の祖母の実家三条西家に匿われ、成人して後、稲葉正成の後妻となり、正勝、正定、岩松、正利と四人の子をなした。慶長九年（一六〇四）、二代将軍秀忠の嫡男竹千代の乳母に選ばれ、稲葉家を離れて江戸へ移った。

春日局最大の功績は、竹千代、後の家光を将軍にしたことである。

秀忠と正室お江与《えよ》の方の子供は六人いた。娘が千姫、子々姫、勝姫、初姫の四人、そして息子は家光と弟忠長の二人であった。

姫たちはそれぞれ格に応じた家へ嫁に行き、三代将軍の座は嫡男家光が継ぎ、三男忠長は御三家に並ぶ大名として幕府を支える。そうなるはずであった。

しかし、秀忠の妻お江与の方が火種をまいた。

お江与の方は、大人しい家光より活発な忠長をかわいがった。いや、溺愛《できあい》した。戦国一の狂将織田信長の妹お市の方と、近江の猛将浅井長政の血を引くお江与の方は、かなりきつい性格の持ち主であった。

秀忠と側室の間に生まれた長男長丸の全身にお灸《きゅう》を据え続け、全身火傷《やけど》で殺すなど、お江与の方には常軌を逸した行動が多かった。夫秀忠も妻をあつかいかね、その言いなりになっていた。

秀忠とお江与の方から寵愛された忠長に衆目が集まるのは当然であった。三代将軍は家光ではなく忠長だと、大名たちも思い始めた。

嫡男でありながら、ないがしろにされ続けた家光は、ついに自害をはかった。かろうじて防げたが、家光の悲嘆を知った春日局は大胆な手段に出た。

江戸城を抜けだし、駿府に隠居していた家康のもとへ駆けこんだのである。

「家光さまから母と呼ばれていたのも当然」

家光は人目をはばからず、春日局を母と呼び、その死に際しては実母お江与の方の葬儀よりも悲嘆に暮れ、長い喪に服した。

「しかし、江戸以外となると、まったく記述がない」

暁は、春日局が駿府で家康と会ったときのことを知りたかった。

「家康さまと春日局どの。そこでどのようなことが、話されたのであろう」

堀田正俊、稲葉正休のかかわりは、春日局にあった。そして金森帯刀は駿府勤番中の行動を咎められた。

暁は、この二つのつながりを、家康と春日局に求めた。

「東照大権現さま、ご記録。これか」

ようやく暁は目的のものを探しだした。

家康の記録は、年代別に並べられていた。

「どうやら、駿府に隠棲されてから書かれたもののようだ」

第一巻の枕に、東照大権現駿府にて記されるとあった。

「今川の人質として駿府にとらわれていたことから、始まっているのか」

三河一国をかろうじて維持していた松平広忠が、西から迫る織田信秀に対抗するため、嫡子竹千代こと家康を今川義元のもとへ人質としてさしだすところから書かれていた。

「いかん、読んでいる場合ではない」

天下人の艱難辛苦《かんなんしんく》の物語である。興味がないわけはなかった。

「最後のほうを見ればいいはずだ」

家康と春日局が駿府で会ったのは、元和《げんな》元年（一六一五）のことであった。その翌元和二年正月に家康は倒れ、四月に亡くなった。

「よくぞ間に合ったというべき」

ほんの少し春日局が逡巡《しゅんじゅん》していれば、三代将軍は忠長となり、家光は失意の内に死んでいたかも知れなかった。

「最終の一冊でいいか」

棚の隅から、暁は取りだした。

「元和元年……ない。どういうことだ、豊臣家が滅んだ大坂夏の陣までしかない」

大坂夏の陣は慶長二十年（一六一五）の五月八日に終わっている。そのおよそ二カ月後の七月十三日に改元があり、慶長二十年は元和元年となった。

「みょうだ。綴《と》じ紐《ひも》に結び目の跡がある」

暁は綴じ紐をじっと観察した。

紙を束ねるための綴じ紐は、ほどけないようにしっかりと結ぶ。ために、一度結んでしまうと、同じ位置で結びなおさないかぎり、解いたときの癖が残った。

「この位置がもともとの結び目だとすると、かなりの厚みがあったはずだ」

紐の長さから暁は推測した。かなりの記録が消え失せていた。

「誰が……どこへ……」

暁は手がかりを失った。

書庫のなかを探し回ったが、失われた部分は見つからなかった。

あきらめて書庫を出た暁は、あたりがすっかり暗くなっていることに驚いた。

「昼前に入ったはずだったが、思わぬときを使ったな」

暁は林鳳岡に言われたとおり、手燭の灯を消し、書庫の扉を閉じ、しっかりと錠をかけた。

「目的のものはあったか」

居間で林鳳岡は待っていた。

「……」

暁は林鳳岡の表情からなにか読み取れないかと考え、じっとうかがった。

「見つからなかったな」

ぎゃくに見抜かれてしまった。

「先生、失われた神君家康公の記録はどちらに」

開きなおって暁は訊いた。

「知らぬ。愚昧は家康公お記録を読んだことさえない。まちがいなく足りないのか。鷹垣の思い違いではないか」

「ありえませぬ」

暁は語った。

「それは奇妙なことだな。しかし、愚昧は知らぬ。あの書庫を造ったのは父じゃ。愚昧は受けついだだけ」

林鳳岡が首を振った。

「父は神君家康公のご記録について、一言も遺しておらぬ」

「では、誰が……」

「神君家康公にかかわることならば、父ではなく、おそらく祖父羅山であろう。父鵞峯は、良くも悪くも実直。とても家康さまのお筆跡に手を加えるなど……」

「林羅山翁の仕業と」

「確《しか》とは言えぬ。見ていたわけではないからの。ただ、昔も教えたとおり、学問というのは己が経験せねばわからぬというものではない。推測すれば、いや、あきらかに違うものを排除していけば、残るのは限りなく真実に近いこと」

かつての講義のように林鳳岡が語った。

「なぜそのようなことを」

「それこそわからぬ。人の心など推測さえできぬ。したところで刻々と変わるのが人の想いというもの。これぱかりは本人に問わねばな」

林鳳岡がふたたび首を左右に振った。

「では、もう取り去られた部分はなくなってしまったと」

「……いや、なくなってはいまい」

振り向いて林鳳岡は床の間の掛け軸を見た。そこには林羅山の書がかかっていた。

「祖父羅山の書への想いはまさに執念である」

死去した妻へ二十をこえる惜別の詩を送ったが、後を追わなかった羅山は、所蔵していた膨大な文献を失った明暦の大火の四日後に急死している。林羅山は書物の鬼といってよかった。

「その羅山翁が、一部とはいえ書を捨てるとは思えぬ」

「なるほど」

暁も書物をたいせつにしている。林羅山の気持ちが少しは理解できた。

「ひょっとすると、祖父のもとに来たとき、すでになかったのやもな」

林鳳岡が述べた。

「そうかも知れませぬ」

否定するだけのものを暁は持っていなかった。

「ではどこかにあると」

「おそらく」

暁の問いに、林鳳岡は答えた。


夜遅くなってから、暁は林家を後にした。

上野忍岡から、元飯田町までは、けっこうある。林羅山が家康の記録の一部を隠した理由を考えながら歩いていた暁は、いつの間にか目の前に人が立ったことに気づかなかった。

「目付鷹垣隼人正だな」

不意に現れた黒装束に、暁は驚愕した。

「な、なにやつだ」

「林家でなにを見てきた」

暁の質問には応えず、黒装束が訊いてきた。

「答えろ」

黒装束がきびしく迫った。

「……」

隙をうかがって後ろに逃げようとした暁の振り向いた目の前に別の黒装束が立っていた。見れば左右ともにふさがれていた。

「逃がさぬ」

目の前の黒装束が告げた。

「言え。なにを知った」

三度黒装束が問うた。

「お役目のことぞ、御上役人を襲って無事ですむと思うな」

暁は強がった。

「……」

黒装束が無言で暁に近づいた。

「うっ……」

前後左右から浴びせられる殺気に、暁はうめいた。

「目付の一人ぐらい死んだところで、幕府は痛くもかゆくもない」

「道ばたで無様な死にざまをさらすか。家ごと潰れるぞ」

「逃げ道はない」

「どうする、隼人正」

四人の黒装束が順に暁を脅した。

「おのれ……」

暁は必死で考えた。ここで調べていることを語ったところで、まだなにもわかっていない状態なのだ、いらざることを知ったと殺されることはない。目付一人死んだところでどうということはないとうそぶいたが、確実に幕府の調査はおこなわれる。ここは正直に告げて、命ながらえるのも一手であった。

しかし、なにも知らないことが命取りになることもある。黒装束が、暁の探っていることを知りたいと思っていた場合は、逆効果になるかも知れなかった。そうなれば、暁は今後の探索のじゃまになるだけでなく、同じことを狙っている者がいることを誰かに話すやもしれないのだ。

暁は黒装束が、機密を守るほうなのか、探るほうなのか、思案した。

「ときをかけてやることはできぬ。今答えぬなら、口を封じるまで」

正面の黒装束が最後通告をした。

「林家で……」

小さな声で暁は話した。

「……林家でなにを見た」

黒装束が先をうながした。

「神君家康さまのご記録を拝見した」

暁は黒装束の身体全体を目に入れて、反応をうかがった。

「家康さまのご記録か。なにを読んだ」

黒装束は家康の名前を聞いても、驚かなかった。なにより、なにが書いてあったではなく、読んだと問うてきた。暁は、黒装束が機密を守る側だと推測した。

「なかったのだ」

「どういうことだ。隠してもむだぞ」

「なかったのだ。林家に家康さまのご記録はあった。しかし、拙者が見たかった項目だけ抜き取られていたのだ」

「抜き取られていただと」

四人の黒装束が顔を見あわせた。

「どこにあるか、林家に訊いたのか」

「訊いたが、ご当代は知らぬと言われた」

暁は正直に教えた。

「………」

真実かどうか、黒装束は疑うように暁を見た。

「たしかになかったのだ」

もう一度暁は述べた。

「ならばよい。隼人正、命が惜しくば、神君家康公にかかわるな」

黒装束が、暁に顔を向けたまま後ろ向きに走りだした。

「春日局さまに触れてはならぬ」

言い残して黒装束が闇に溶けた。

「まちがっていなかったということか」

暁は、黒装束の出現で、己の考えが正しかったことを確認した。

第四章　過去の息吹

一

黒装束に囲まれた翌日、暁は目付部屋の書庫で家康の事歴をあさった。

三河一国の小領主、それも今川の属国でしかなかった松平家を天下の主に育てあげた家康は、幕府にとって神であった。

「前半生はとりあえず、省こう。でなければ、あまりに多すぎる」

春日局と家康の出会いは、慶長九年（一六〇四）とされている。暁は、関ヶ原の合戦以降を選んだ。

「家光公の乳母を募ったのは慶長九年、日が……のっていない。漏れたのか」

幕府の記録といえども覚え書きに近い。細かい日時の記入忘れや、勘違いはかなりあった。

「家光公のお生まれが七月十七日、乳母の求めは、早くとも八月以降であろう」

天下を取った家康は、生まれてきた男子に武将としての鍛錬よりも、教養をつけさせるべきと考え、旗本から乳母を探さず、京で募集した。

「粟田口《あわたぐち》に掲げられた高札《こうさつ》を見て、応じてきたのが春日局さまであった。当時於福と名乗っていた春日局さまは、美濃の豪族斎藤氏の一門であり、さらに公家の三条西家ともかかわりがあった。血筋教養ともに家康さまの求めるとおりとして、於福さまが家光さまの乳母として選ばれた」

於福は、公家三条西家で養育され、有職故実《ゆうそくこじつ》、和歌、詩、漢籍などの素養を身につけていた。

「於福さまは前慶長八年（一六〇三）、稲葉正成との間に男子をもうけている。赤子を抱えていたとなれば、乳が出て当然」

字がしめすように、乳母は母乳が出なければならなかった。

於福は必要な条件を満たしていた。

乳母となった於福は、江戸へ下向、秀忠、お江与の方に目通り、西の丸へと入った。

「家康さまが駿府へ移られたのは、慶長十三年（一六〇八）のこと。四年の間、春日局さまは家康さまとともに江戸城にいた」

慶長十年征夷大将軍を息子秀忠に譲った家康は、大御所と称し、駿府を隠居の地と定めた。

「すぐに隠居地へ移るはずだったが、駿府城が出火し、再建しなければならなくなったため、家康さまは江戸に残られた」

家康は政をおこなうかたわら、好きな鷹狩りをくりかえし、泰平の世を謳歌した。

「その間に、家康さまはなにも三代将軍に対して口にされておらぬ」

家康が意思の表明をしていないのは、三代の座は秀忠の考えでいいと思っていた、あるいは、最初から家光で行くと決めていたから、もしくは誰でもいいと考えていたのどれかでしかない。

「そして駿府の城へ移った家康さまは、ほとんど家光さまと会われていない。かといって本式に世捨て人となられたわけではない」

将軍位を譲ったとはいえ、実際の権力は家康が握ったままであった。

家康は駿府に有能な譜代大名を集め、武家諸法度や一国一城令などを発布、徳川幕府の基礎を固めていった。

江戸と駿府、そのどちらにも老中がいて、各地の大名へいろいろな命令を下した。

「隠居されたとはいえ、天下人は家康さまである。秀忠さまの老中たちが出す法度を駿府が無効にすることも多々あった」

二重の権力、そこに軋轢《あつれき》が生まれるのは当然であった。なにをやっても否定される江戸は、駿府への反発を強めていった。しかし、まだ天下は徳川のものと確定していなかった。勢力を弱めたとはいえ、大坂に豊臣家は健在であった。家康なればこそ、諸大名はしたがったのである。家康がいなくなれば、天下がどう転ぶかはわからない。

「名は贈与しても、実はわたさない。いや、わたせない。それほど天下は定まっていなかった」

家康が将軍をわずか二年で秀忠に譲った理由は、既成事実をつくるためであった。将軍を世襲することで、天下は代々徳川家のものだと宣したのである。

「天下は回りものとの観念が、あのころにはあった」

織田信長、豊臣秀吉、そして徳川家康と天下人は一代で交代していく。家康亡き後は、豊臣秀頼が継ぐか、あるいは別の誰かが台頭してくる。戦国の世を生き抜いてきた大名たちは、そう考えていた。家康は、秀忠を二代将軍とすることで、それを否定した。

「徳川家が天下を世襲するには、大坂の豊臣家は邪魔である」

摂津、河内、和泉三国の領主に落ちぶれた豊臣家を、家康はどうしても抑えておかなければならなかった。秀吉の代とはいえ、家康は豊臣に臣従した過去があった。

「なんども家康さまは豊臣家へ臣従を求めた」

過去を清算するには、現実を見せつけるしかない。

初孫の千姫を家康は秀頼の妻にやった。これは、秀吉が家康に臣従を求めたやり方を踏襲したものだった。

明智光秀を倒し、織田信長の後継者となった秀吉の敵は、小田原北条でも薩摩島津でもなかった。最大の障害は徳川家康であった。

信長の盟友としてともに天下布武《ふぶ》の道を歩んだ家康の勢力は、駿河、三河、遠江《とおとうみ》の三国と甲斐の一部に成長していた。また、三河武士の精強さは、秀吉麾下《きか》の兵たちをはるかに凌駕《りょうが》していた。

島津や北条、伊達など、周囲に敵を抱えた秀吉は、家康と争うだけの余力がなかった。秀吉は家康の協力を得るべく、なりふり構わぬ手段に出た。その一つが婚姻であった。すでに嫁《か》していた妹を無理矢理離縁させた秀吉は、正妻を失って独り身であった家康のもとへとやった。婚姻に名を借りた人質であった。

これ以上我をはれれば、秀吉と戦いになる。いかに精強な三河兵でも、数と兵器でまさる秀吉軍を敵とするには厳しかった。両雄が戦っている間に、漁夫の利を得る者が出てこないともかぎらない。

家康は折れた。

こうして家康は秀吉のもとへ伺候、天下は秀吉のものとなった。

これに家康はならったのだ。

家康は千姫を大坂城へやることで、秀頼が膝を屈してくれることを期待した。しかし、秀頼の生母、淀殿が壁となった。淀殿はがんとして、秀頼を大坂から出さなかった。

豊臣の臣従をあきらめた家康は、大坂を攻めることにした。

「冬の陣、夏の陣を経て大坂城は落ちた。そして、豊臣家の滅亡を見届けて、家康さまは亡くなられた」

元和二年、家康が死に、天下は二代将軍秀忠のものとなった。

「春日局さまが駿府の家康さまを訪ねたのは、元和元年の夏。豊臣が滅んだ直後だった」

江戸では弟の忠長に伺候する者はいても、家光のもとへ挨拶に来る者はいない状況となっていた。

「三代将軍になられる候補は、二人おられた。家光さまとその弟忠長さま。お二人はともに秀忠さまと正室お江与の方の間にお生まれになられたお子。長幼以外に差はない。いや、一つだけあった。家光さまに乳母がつけられたのにたいし、忠長さまはお江与の方さま直々にご扶育された」

家光を春日局に取りあげられたお江与の方は、忠長を溺愛した。秀忠も忠長をかわいがり、家光をないがしろにした。

「伊勢参りを口実に、春日局さまは江戸を出発、家康さまへすがった」

駿府の城で春日局は、家康に目通りを願った。

乳母の地位は生母に次いで高い。家康は春日局と会った。

そこで春日局は家康に、家光を三代将軍としてくれるよう願った。

暁は疑問を感じた。

徳川の天下にとって最大の壁が崩れたのだ。豊臣が滅び、すべての大名が幕府に組みこまれた今、それこそ誰が将軍になろうともかまわないはずであった。

家康は、春日局の求めに応じ、江戸へ下向、家光を跡継ぎと宣言した。

「それをうけて、元和二年、酒井雅楽頭忠世ら家光さま付きの老職が決められ、正式な世継ぎとなられた」

天下人家康の決定は絶対である。三代将軍は家光と決まった。

十九歳で家光は将軍となったが、秀忠は家康同様大御所として君臨し続けた。

「将軍となられた家光さまは、春日局さまを伴って本丸へ移られ、代わりに秀忠さまが西の丸へ隠居された」

本丸へ入った春日局は、家光に子供がないことを懸念し、多くの女を江戸城へ集めた。これが大奥の始まりであった。

「春日局さまは、三代将軍誕生の功一等をもって遇せられ、その権は老中をしのぐとまでいわれた。そして春日局さまにつながる者たちは、皆幕府へ召し出された」

春日局の一族といっても実家の斎藤家は秀吉によって滅ぼされている。縁につながる者は、稲葉一門と三条西家ていどであった。稲葉と堀田は徳川に取り立てられ、三条西家は武家伝奏《ぶけてんそう》として朝廷と幕府の仲立ちをすることとなった。

「……おかしい」

ひっかかるものを暁は感じた。

もう一度暁は春日局が乳母となったあたりを読み返した。

「乳母募集の立て札を立てたのは、京都所司代だった板倉勝重どの」

板倉勝重は本多佐渡守正信と並ぶ家康の懐刀であった。徳川のはかりごとを担った本多佐渡守正信と違って、板倉勝重は内政をもって家康に仕えた。

豊臣から天下を奪ったばかりの家康は、京の民から嫌われぬよう、公明正大で知られた板倉勝重を京都所司代にした。

家康の期待どおり板倉勝重は京を治め、「裁決公正、政おおいに治まれり」と賞賛された。

目付部屋には、幕政にかかわるあらゆる書付の写しが保管されていた。

「高札の写しは……」

乱暴に暁は書付の山をあさった。

「これか」

目的のものを暁は見いだした。

京都所司代板倉伊賀守勝重の署名が入った高札には、征夷大将軍徳川秀忠の嫡男竹千代の乳母を求めると書かれていた。そのあとにいくつかの条件が記されてあった。

「いやしき出自でない者。病なく健全である者。古今和漢詩歌につうじおる者」

条件を確認していた暁は、ふと目をはずした。

「待て、前文になんとあった。嫡男とあるぞ」

嫡男とは、世継ぎを表す言葉である。

「最初から家光さまが嫡男……いや……」

あわてて暁は徳川系譜に飛びついた。

「家光さま以前に男子ご出生があった」

暁はすぐに見つけた。

「長丸君……なぜ竹千代君ではないのだ」

徳川家は長男に代々竹千代という名前をつけていた。しかし、秀忠の長男は違っていた。

「長丸君は、家光さまが生まれる直前に、亡くなられている。家光さまの幼名が竹千代であってもおかしくはない……」

暁はぞくっとした。

長男に与えられるべき名前が、次男に用意されていた。正室の子でないとはいえ、長丸こそ秀忠の長男である。長丸が生まれたのは慶長七年（一六〇二）、家康はまだ将軍になっていない。跡継ぎ誕生が遅かったため、豊臣は天下の主から滑り落ちた。それを目のあたりにしているのだ。生まれた長男を嫡子としないのは、どう考えても異常であった。

「お目付どの」

不意に暁に声がかけられた。

「……柿谷か」

書庫の入り口に柿谷多門が立っていた。

「なにか」

「もう暮れ七つ（午後四時ごろ）でございまするが」

柿谷が時刻を教えた。

「なに、そんな刻限か。これはいかぬ」

暁は急いで散らかしていた文書を片づけ始めた。

「お手伝いいいたしましょうか」

「いや、いい。ご苦労であった」

申し出を暁は断った。

書庫を出た暁は、徒目付部屋に目を走らせた。しかし、柿谷の姿はなかった。暁は柿谷こそ、平太郎が言うあとをつけてきている者ではないかと疑っていた。

徒目付は目付の配下である。徒目付はいつでも目付の命に応じなければならない。そのため何人かはたえず目付部屋で控えている。徒目付が控え室に出入りする目付へ声をかけるのは当然であった。だが、いつも柿谷だというのはみょうであった。

「こだわり過ぎか」

暁は柿谷がいないことにほっとした。

柿谷が見張っている者なれば、書庫で暁の見ていたものを確認したがるはずであった。

もう一度振り返って書庫の整頓を暁は確認した。


老中大久保加賀守忠朝は、屋敷で黒装束の報告を受けていた。

「家康さまのご記録がたりなくなっているだと」

「そのように目付鷹垣隼人正が申しておりました」

答えたのは、暁を囲んだ黒装束の一人であった。黒装束の正体は伊賀者であった。伊賀者は大久保加賀守に与《くみ》していた。

本来伊賀組は将軍の隠密であった。事実三代将軍家光は伊賀組を隠密として使い、多くの大名を探索し、咎めてきた。しかし、家光の跡を継いだ家綱は身体が弱く、政にかかわるだけの気力がなかった。伊賀組は、家綱から大政を任されていた大老酒井雅楽頭忠清に預けられた。大老の隠密となった伊賀組は、酒井雅楽頭から堀田筑前守へ譲られるはずであったが、五代将軍選定の確執から大久保加賀守へ渡され、その走狗となっていた。

「真実《まこと》か」

「確認はいまだ……」

黒装束が首を振った。

「調べておらぬのか」

大久保加賀守が叱った。これは伊賀者に利があった。

忍は命じられたことだけをおこなうのが決まりであった。勝手に動きまわっては、ことをややこしくするだけでなく、かえって足手まといになる。

「たかが儒学者の書庫ではないか。ただちに調べて参れ。そのようなことで探索方がつとまると思うてか」

「はっ」

あわてて伊賀者が平伏した。

「目付鷹垣は上様の手である。堀田筑前守亡き後、上様はずいぶんと政に精を出され、われら執政衆の話を聞いてくださらぬ。このままでは、上様になにもかも牛耳られてしまい、老中は皆木偶《でく》と化す」

いらだちを大久保加賀守があらわにした。

「なにより、上様にあのことを知られてしまえば……遠慮がなくなる。それこそ、幕府は上様だけのものとなり、われら家臣はただしたがうだけの存在に落ちてしまう。上様お一人に権が集まれば、どのような命を出されようと抗うことができなくなる。次第によっては国が傾きかねぬ。その前に、儂を含めた老中皆の首が飛ぶ」

「……」

返答に困ったのか、伊賀者は無言であった。

「家康さまの失われし記録があるかどうかを調べ、あるとわかればかならず奪え」

「もし、目付が失われた記録を手にしたときには……」

伊賀者が問うた。

「そのときは、殺せ」

「わかりましてございまする」

覆面の下で伊賀者の眼が光った。

「戦国の闇を支配した伊賀者の矜持《きょうじ》、見せてみよ。行け、服部三左《さんざ》」

「承知いたしましてございまする」

服部三左が消えた。

二

江戸の闇は深い。

大名や大身旗本の屋敷は、辻灯籠《つじどうろう》を立て、夜中《やちゅう》光を絶やすことはないが、町屋は暗かった。

明暦の大火の被害に愕然となった幕府は、家風呂を禁止しただけではなく、町屋の明かりまで規制した。

町人地に常夜灯はなく、月がなければ漆黒の帳《とばり》をおろしたようであった。

組頭服部三左に選ばれた伊賀者四人は、手の先さえさだかでない夜の江戸を白昼のごとく易々と駆けた。

「このまま行くぞ」

小頭が配下の伊賀者へ命じた。

「……………」

四人の伊賀者が黙ってうなずいた。

林家の塀をなんなく乗りこえた伊賀者たちは、書庫へと向かった。

書庫へ取りついた伊賀者は、まず錠前をはずそうとした。

「どうだ」

鍵の取り扱いに手慣れた配下の作業を小頭が見守った。

「駄目でござる。まったく見たこともない形で、なかがどうなっておるのか、わかりませぬ。ときをかければどうにかできましょうが……」

鍵穴をいじくっていた伊賀者が首を振った。

「やむをえぬ。錠が開けば跡形を残さずにすんだが……」

小頭が上を見あげた。

「窓が……ない」

通常、蔵にはなかでの作業の利便と湿気を逃がすためにいくつかの窓があった。

「屋根を破るしかないか」

手を掛けるところさえない漆喰壁、新式の錠と蔵の防備は堅い。侵入の手段は一つしか残されていなかった。

「人はしご」

小頭の一言で、忍が動いた。忍の肩に別の忍がのり、さらにそのうえに重なっていく。これをくりかえすことで、やすやすと伊賀者は書庫の屋根にたどり着いた。

のぼった伊賀者が下へ垂らした縄を伝わって、残った忍も屋根へあがった。

「おまえは残って、あたりをな」

一人の伊賀者が下に残った。

「……」

小頭が顎で合図した。

二人の伊賀者が、屋根瓦の隙間に小刀を入れてはずし始めた。

「瓦は高価ゆえ、割らずに願いたい」

不意に声が伊賀者へかけられた。

「……ばかな」

小頭が絶句した。

屋根の上にいつの間にか、人影が湧いていた。

「気づかぬはずなど……」

忍ほど気配に敏《さと》い者はいなかった。

「な、なにやつ」

「訊くのはこちらだと思うがな。全身黒ずくめで、屋根瓦を破ろうとしている曲者に誰何《すいか》されるほど落ちぶれてはおらぬわ」

人影が近づいてきた。

「灯りを」

配下に小頭が命じた。

一人の伊賀者が懐からからくりがん燈を取りだした。

からくりがん燈は、折りたためるようになった携帯用の灯りである。ひしゃくを細くしたような枠の中央に蠟燭が立てられたもので、内面を鏡のように磨くことで灯を反射させて、周囲に光を漏らさず、一部だけを照らす忍道具であった。

「坊主……」

灯りに浮かんだのは、小柄な僧侶であった。

「まちがえてはおらぬがな。引導を渡してくれる導師にもう少し敬意を払っても罰はあたらぬぞ」

僧侶がぼやいた。

「ふざけたことを」

小頭が手を振った。

「やれ」

角度のある屋根の上で二人の伊賀者が左右へ跳んだ。懐から取りだした棒手裏剣を空中で投げる。

「剣呑《けんのん》なものを」

ちらと眉をしかめた僧侶は、わずかに身体をかたむけてかわした。

「坊主を殺せば七代祟《たた》るという。ならば傷つければ三代は呪《のろ》われよう。そして、害を加えようとしただけで一代は終わる」

僧侶がきびしい表情に変わった。

「冥府《めいふ》へ落ちるがいい、闇に棲まう者どもよ」

腰から僧侶が剣のようなものを抜いた。片手で握るように作られた短い柄、肉厚な直刃ともあいまって、僧侶の持つ剣は、異様な雰囲気をかもしだしていた。

「不動明王破邪の剣《つるぎ》。これに斬られたものは、一生涯すべての悪行を焼き清められ、御仏のもとへ召される。功徳じゃ」

僧侶が右に跳んだ伊賀者目がけて走った。

「疾《はや》い」

思わず小頭が息をのんだ。

「くっ……」

迫られた伊賀者が忍刀を抜いて迎え撃った。

「成仏」

片手で僧侶が袈裟懸けを撃った。

「………」

無言で伊賀者が忍刀をぶつけた。

片手薙ぎは、切っ先が伸びる代わり、どうしても撃ちが軽くなる。伊賀者の受けは間に合った。しかし、刃の厚さが違いすぎた。

「甘い」

僧侶の一撃は、忍刀を叩き折って、伊賀者の胸から腹をぞんぶんに裂いた。

「………」

苦鳴も漏らさず、伊賀者の命は絶えた。

「守宮《やもり》」

小頭が配下の死にとまどうことなく、くぐもった声を出した。

屋根の上に残っていた伊賀者たちが、姿勢を低くした。いや、瓦の上に腹ばいになった。

「ほう。人でなく虫となるか。自ら畜生道に落ちるとは、なかなかの心がけ」

僧侶が笑った。

刀は槍や薙刀と違って、振りまわしやすいが不便なところも多かった。その最たるものが、地に伏した者へ届かないことであった。

剣と肩のつながりがあるかぎり、膝より下の敵には対抗できなかった。

「しゃ」

ふたたび小頭が手を振った。

いっせいに手裏剣が僧侶を襲った。

「ほい」

軽々と僧侶は手裏剣をかわした。足場の悪さをものともせず、僧侶は自在に瓦の上を駆けた。

「ここに五年も住んでおれば、吾が家も同じ。足下《そっか》を見ずともよい」

「くっ」

小頭がうめいた。

棒手裏剣は持ち運びしやすいとはいえ、無限に用意できるわけでもない。十本も投げればなくなった。

「小頭」

手裏剣を撃ち尽くした伊賀者が、突貫すると告げた。

「しゅう」

蛇のような息を漏らして、伊賀者は屋根の上を這った。両手両足で瓦を掴み、走っているのと変わらぬ早さで僧侶へ迫った。

「前世は蛇か」

近づかれた僧侶が、驚いた。

「ならば、こうじゃ」

僧侶が懐から独鈷杵《どっこしょ》を出し、投げた。

「ふっ」

身体をよじらせて伊賀者が避《よ》けた。両端が槍の穂先のように鋭い独鈷杵は瓦を割って深々と刺さった。

「もう一個」

目の前に来た伊賀者へ僧侶が二個目の独鈷杵をぶつけた。

「………」

大きく迂回《うかい》して伊賀者はこれもかわした。

狭い書庫の屋根である。かわした伊賀者は端ぎりぎりを通ることになった。

「地獄で鬼に会ってこい」

僧侶が刀を瓦の隙間に突きたてて、払うようにあげた。

瓦が数列流れるように崩れた。

「なにっ」

摑んでいた瓦ごと伊賀者が落ちた。

「四朗太《しろうた》」

思わず小頭が、落ちていった配下の名前を漏らした。

「震撼坊《しんかんぼう》、任せたぞ」

「おうよ。天蓋坊《てんがいぼう》」

僧侶の声に下から答えが返ってきた。

「なにっ。おい、烏介《うのすけ》」

見張りに残した配下を小頭が呼んだ。

「縄を持っていた者のことか」

震撼坊が、問うた。

「すでに仏となっておる。戒名は拙僧が後ほどつけてしんぜよう。極楽往生まちがいなしのをな」

「そんな……」

連れてきたのは選ばれた腕利きばかりであった。あっというまに二人やられ、残っているのは小頭ともう一人だけになっていた。

「何者だ」

同じ質問をふたたび小頭がした。

「末期《まつご》の経とともに教えてくれようほどに、さっさと逝《い》ってくれぬか。眠くてたまらぬでな」

天蓋坊が、破邪の剣を構えなおした。

「なめたことを」

残っていた配下の伊賀者が、立ちあがり、憤怒をあらわにして忍刀を抜いた。

伊賀者の結束は堅い。戦国の終わり、織田信長に敵対した伊賀の国は、それこそ女子供かかわりなく殲滅《せんめつ》された。徳川家康によって伊賀が保護されるまで、忍たちはあちこちに散り、潜んで生きた。仲間同士の助け合いがなければ、伊賀忍者はとうに滅びていた。

それだけに、互いのつながりは深く、仲間を殺された復讐はなにがあっても果たした。

「やめろ」

小頭の制止は少しだけ遅かった。

屋根瓦を蹴って空中へ舞いあがった伊賀者は、落ちていく勢いを忍刀に載せて、天蓋坊を撃った。

振りおとす力に身体の重みをすべて加えた一閃《いっせん》は、天蓋坊の頭蓋を割ったかに見えた。

「……………」

無言で天蓋坊が破邪の剣を真上へ突きあげた。

剣同士の切っ先があたり、反りのある忍刀が己の曲がりにそって流れた。

「あああっ」

いかに体術にすぐれた忍、伊賀者といえども、足場のない空中で姿勢をかえることはできなかった。

伊賀者はみずから破邪の剣に飛びこんでいく形になった。

「ぎゃ……」

目から入った破邪の剣が、伊賀者の頭蓋を貫いた。悲鳴を最後まで口にすることなく、伊賀者は絶命した。

「重いな」

片手でしっかりと伊賀者の身体を支えながら、天蓋坊が述べた。

「破邪の剣をつうじて伝わる重みは、生まれ出《い》でてからいままでに犯した罪のもの。人を殺し、ものを盗み、女を犯したであろう」

天蓋坊の問いに、死んだ伊賀者は応えることはなかった。

「ふん」

破邪の剣を振るって、伊賀者を天蓋坊が捨てた。

「よくも……許さぬ」

小頭が苦渋に満ちた口調で言った。

「おぬしに許してもらう必要はないな。拙僧が寛恕《かんじょ》を願うは、ただ御仏のみ」

冷たい顔で天蓋坊が伊賀者の恨みを流した。

「手間取っておるの、震撼坊」

天蓋坊がつぶやいたとき、あわせるように下から断末魔の声があがった。

「ぎへっ」

忍が決して漏らしてはいけない苦鳴であった。

「四朗太」

歯がみの音を小頭がたてた。

「どうやら、おぬしだけになったようだの」

天蓋坊が血の滴る破邪の剣を小頭へ向けて突きつけた。

「……おのれ」

苦渋の言葉を小頭が漏らした。

小頭が忍刀を構え、足場を探るようにつま先を擦った。決死の反撃に出る気概を小頭が見せた。

「逃げだすつもりか。気がよそを向いておるぞ」

すっと天蓋坊が目をすがめた。

「……………」

見抜かれた小頭が、絶句した。

「忍は、生きて帰らねば意味がないそうだの。全滅してしまっては、どこで誰にどのような殺されかたをしたかわからずじまいで終わる」

天蓋坊の言うとおりであった。

忍の仕事である探索は報告がたいせつであった。いかに探索で重要なことを手にしても、報らせることなく死んでしまっては、まったく意味がなかった。

小頭は配下たちの死を無駄にしないためにも、ここから生きて逃げださなければならなかった。

「しゃっ」

跳びかかって忍刀を鋭く、小頭が振った。

忍の刀法は、動きを小さく、小刻みに何度も動かす。小頭は素早い攻撃で、天蓋坊を追い詰めた。

「無駄だというに……。あらがえばあらがうほど御仏への道は遠くなる。すなおに破邪の剣を身に受け、来世を願え」

少しずつ下がりながら、天蓋坊が諭した。

「………」

無言で小頭が忍刀で天蓋坊の右手を狙った。

「ふっ」

天蓋坊が一歩引いた瞬間、小頭が大きく後ろに跳んだ。

三間（約五・六メートル）、一気に離れると、くるりと背を向けて小頭が、屋根から近くの松へと飛び移った。

「やれやれ。無駄なことを」

追いかける風も見せず、天蓋坊がつぶやいた。

書庫の屋根から近い松に取りついた小頭は、止まることなく次々と場所を変えながら、森から出ようとしていた。

伊賀は山のなかの国である。山に囲まれたわずかな耕地では、とても食べてはいけなかった。生きていくために伊賀の住人は山で身体を鍛え、忍となって技を売った。いわば森は伊賀のすみかであった。

木々はものを隠すに適しているが、同時に人の居場所をごまかすにもむいていた。

「………」

森の切れ目が見えた。

十分警戒して、小頭が最後の跳躍をおこない、森から出た。

一瞬周囲の気配を探った小頭が、駆けだそうとして止まった。いつのまにか真後ろに、背の高い僧侶が貼りついていた。

「なっ……」

あわてて跳ぼうとした小頭が、軸足を蹴りとばされて転がった。

「無駄だと天蓋坊が教えなかったか」

背の高い僧侶、震撼坊は手にしていた棒を、小頭ののど元に据えた。

「忍の故郷である森は、修験者の修行の場なのだ。われらにとって木々は、ともに苦行をなす友」

震撼坊が言った。

「き、きさまらは……」

隙をつくろうとして、小頭が問うた。

「われらは上野寛永寺《かんえいじ》慈眼衆《じがんしゅう》」

「慈眼衆だと……」

聞きなれない名前に、小頭が不審の声をあげた。

「そう。寛永寺の、いや、徳川の闇を守る僧兵」

口をはさんだのは林鳳岡であった。

「これは、林翁どの。うるさすぎましたかの。申しわけござらぬ」

震撼坊が、軽く頭をさげた。

「いや、ごくろうさまでござる」

答礼しながら、林鳳岡は小頭を見た。

「どこの手の者かは問わぬ。死んでいく者から訊く必要はない。慈眼衆は攻めぬ。ただ守るだけなのだ。なればこそ、来た者を生かして帰さぬ」

冷たく林鳳岡が告げた。

「なんなのだ」

たかが儒学者と侮っていた林鳳岡から放たれる気に、小頭がとまどった。

「一つだけ教えてやろう。地獄で永遠に続く責めのあいまにでも考えてみるがいい。

なぜ、三代将軍家光さまは、林家の屋敷地を上野に、寛永寺のある上野に、くださっ

たかを」

言い残して林鳳岡は、背中を向けた。

「ま、待て……どういう……ぐっ」

小頭の頭を樫《かし》の棒が砕いた。

「南無……成仏はできまいが、せめて迷わず地獄へ行け」

震撼坊が片手で拝んだ。

居室に戻った林鳳岡を、一人の僧侶が待っていた。

「慈泉阿闍梨《じせんあじやり》」

林鳳岡が驚いた。

「お珍しい。慈眼衆すべてを支配される慈泉阿闍梨が、お見えになるとは。おひさし

ぶりでございまする」

対面するように林鳳岡が座った。

「夜中お騒がせいたした」

慈泉がていねいに頭をさげた。

「いえ。こちらこそ、いつも慈眼衆の皆さまにはお世話になっておりまする」

林鳳岡も返礼した。

「いやいや、衆徒どもが情けなきゆえ、林どののお休みを邪魔いたした。あのていどの輩なれば、刹那で終わらせねばなりませぬ」

柔和な表情をしながら、慈泉は冷酷に言った。

「まだまだ修行がたりておりませぬ。あとで二人をきつく叱っておきますゆえ、今宵のところはお許しを願いたい」

「そのようなことを仰せに、来られたのでござるか」

「……………」

問いかけに慈泉は無言で、林鳳岡を見つめた。

「慈泉阿闍梨」

林鳳岡は返事をうながした。

「……なぜに目付鷹垣隼人正を書庫へ通された」

冷たい顔になって慈泉が訊いた。

「……」

今度は林鳳岡が黙った。

「林翁よ。あの書庫にあるものの意味を、十分ご存じであろう。表に出してはならぬものゆえ、二重にして隔離したのではなかったのか」

林鳳岡は沈黙を守った。

「あのなかのどれが世間に漏れても、寛永寺は、いや幕府はもちませぬぞ。それをおわかりであろう」

きびしく慈泉が糾弾した。

「上様のお墨付きを持参いたしたのだ。断ることなどできますまい」

ようやく林鳳岡は反論した。

「将軍のお墨付きがあろうとも、いくらでもごまかしようはござろう。年に二度の虫干しのおり以外は、何人《なんぴと》にも見せることは許されぬとでも言えばすんだはずでござる。半年ときを稼げば、さすがの目付もあきらめましょうに」

「林家は儒学をもって仕えておるとはいえ、幕臣でござる。上様のご命にさからうことは許されませぬ。なにより、相手は目付でござる。目付の機嫌を損じれば、林家など一日とてもちませぬ。林家が咎を受けて改易とでもなれば、あの書庫の中身は江戸城紅葉山《もみじやま》文庫へ持ち去られることになりますぞ」

林鳳岡が反論した。

紅葉山文庫に収蔵されるとなれば、林家の蔵書はあらいざらい調べられることになる。個人の所蔵とは事情が違うのだ。それこそ書名から内容まで、書物奉行とその同心たちによって紐解かれ、すべて明らかにされる。

「……われらを脅されるか」

不快そうに慈泉が林鳳岡をにらんだ。

「事情をお話ししただけでござる。第一、目付はなにも見つけることできず、帰ったではございませぬか。拒んで痛くない腹を探られるよりよほどましではござろう」

「なにもつかまずに……本気で言われるか」

いっそう声を低くして慈泉が詰め寄った。

「なにも知らぬと、いや気づいておらぬとお思いか、林翁。慈眼衆をなめられるのもいい加減になされよ」

「……」

怒る慈泉に対し、林鳳岡は無言を返した。

「林翁のお考えはお聞かせいただいた。ならば、東叡山《とうえいざん》寛永寺は独自の手段をとらせていただく。一端とはいえ秘事に近づいた者を放置しておくことはできませぬ」

「殺されるおつもりか」

「目付次第でございましょう」

慈泉が立ちあがった。

「書庫の警固は今までどおり、われらにお任せあれ」

ゆっくりと慈泉が背中を見せた。一歩林鳳岡の居室から踏みだしたところで、慈泉が足を止めた。

「……申しあげておきますぞ。目付をどういたしたかなどの報告はいたしませぬ。あと、要らぬことをなさいますな。老婆心までに」

慈泉は林鳳岡へ言い残して去った。

「……脅したつもりか」

林鳳岡が小声でつぶやいた。

「祖父羅山の命を誰が奪ったのか、儂が知らぬとでも思っておるのか」

消え去った気配に林鳳岡が吐きすてた。

三

「あと四日……」

目に見えて暁は焦っていた。

「なにが起こるというのだ。どうやれば防げる」

食事中でさえ、思案ばかりしているのである。妻知との房事もなくなっていた。

「殿さま」

武家の妻として第一の仕事は子孫を、それも男子を産むことである。夫婦となってすでに二年、いまだ懐妊の兆候さえないことは知を圧迫していた。

「………」

からくり人形のように、腕と口を動かしてはいるが、暁の耳は、知の声を聞いていなかった。

「殿さま」

少し強く知が呼んだ。

「……あ、なんだ」

ようやく暁は気づいた。

「おかずをこぼされておられまするる」

知が指摘した。

普段は家士が給仕する。しかし、あまりに異常な夫の様子を気にした知が、家士の代わりに今夜ついていた。

「おお。そうか」

と言いながらも暁は、落ちたおかずを拾いあげようともせず、ふたたび飯を口に運んだ。

「あなた」

いっそうきびしい声を知が出した。

「…………」

暁の手が止まった。日ごろおとなしい知であるが、その根本は長刀《なぎなた》を振りまわして、大の男をたたきのめす女武芸者であった。気迫をこめた呼びかけに暁はようやく知が怒っていることを理解した。

「お役目のことでお悩みだとは承知いたしておりまする。ですが、食事のときぐらいは、お忘れになられませ。庄蔵が申しておりました。殿さまの給仕につくのが怖いと。

目が食べものを見ず、宙にあるままで、たえず独り言を口になされていると」

「そうであったか」

箸を暁は置いた。

「殿さまは昔から、一つのことに入りこまれると周りが見えなくなられまする」

平太郎と立場は違うが、知も暁の幼なじみであった。

「わたくしに難しいことはわかりませぬ。ですが、武術も同じ。相手の切っ先ばかり見つめておりますと、他の部分が動いたことに気づくことができなくなりまする。あまり一つのことに固執なさるのはよろしくございませぬ……差し出たことを申しました」

諭しながら知が頭をさげた。

「一つにはまるか。そうかも知れぬ」

暁は大きく息をついた。

「もう一度全部を見直すとしよう。馳走であった。膳を下げてくれ」

座を立った暁は、さっさと文机《ふづくえ》の前へ移動した。

「今宵は夜を徹することになろう。先にやすんでくれていい」

暁は目付になってから作った覚え書きを開いた。

「お粗末さまでございました」

膳を下げながら、知が嘆息した。

一人になった暁は覚え書きを最初から繰った。初めのころは目付としての任や心得が細々と書かれていた。

やがて殿中で謎の人物から声をかけられたところまで来た。

「なぜ、あやつは拙者が金森帯刀の一件を調べていると知ったのだ」

暁が金森の評定に立ちあったことを知っている者は多い。

寺社、町、勘定の三奉行を始めとし、評定所書き役、金森の子供たちの介錯を担当した同心、そして同僚の目付たちと思いつくだけでもかなりいる。

「探すことも無理か」

殿中で夜、背後から声をかけられたのだ。顔も見ていない。何の手がかりもない影について推測するのを、暁はあきらめた。

「次に出て来たのが、背の高い浪人者だ。影から堀田筑前守どのと稲葉正休の刃傷を調べろと言われてすぐだった」

背の高い浪人者は警告の使者であった。しかし、暁は震えながらも拒否した。平太郎の助力を得て、なんとか背の高い浪人者を排除できたが、その正体はとうとうつかめなかった。

「こやつは、どう見ても走狗であった」

身を持ち崩したとあきらかにわかる風体、人相はとても禄を得ている武士のものではなかった。

幕府による大名取りつぶしで、多くの侍が浪人となった。また、生き残った藩も、無用の長物となった武士をいかに削減するか躍起であり、あたらしく家臣を抱えようとするところなどほとんどない。ちまたには浪人者があふれていた。

一度《ひとたび》禄を離れた武士は、百姓や商人などになるか、あるいは金さえもらえばなんでもやる無頼となるしかなかった。

「いくらでも無頼の浪人は手に入る。詳しい事情を知らせず使い捨てにするには、これほどつごうのいいものはない」

無頼の浪人が告げた言葉は、依頼主から聞かされたことをそのまま口にしただけと暁は読んだ。

「浪人者が失敗したことを、当然依頼主は知っているはず。となれば、二の矢が来て当然だ。しかし、先夜の黒装束どもは、違うような」

先夜の黒装束集団と浪人者はかかわりがなさそうだと暁は考えていた。黒装束たちは統制のとれた忍と暁は見ていた。忍を最初から使えば正体を見せることなく、暁を脅せたのだ。浪人者を使う必要はない。

「今のところ、殿中で接触してきた影、背の高い浪人者を走狗とした者、そして忍の集団を使う何者か」

整理してみると、三つの勢力が暁にからんでいた。

「もう一度影の人物と話をしてみたいが……こちらから連絡する術《すべ》がない」

暁は思案した。

目付の宿直《とのい》は、およそ十二日に一回である。影の人物が接触してきた宿直を待ってはいられなかった。

「目立つように動き、誘うか」

日限が迫っている。暁はみずからを餌とする肚をくった。

暁に林家書庫の閲覧を許した綱吉は、機嫌よくお伝の方を抱いていた。

「思いのほか役にたつ」

「上様……」

身をすり寄せてお伝の方がささやいた。離れているとはいえ、下の間には奥女中が控えていた。綱吉の用に備えた一種の宿直役であったが、お伝の方づきの部屋子ではなく、御台所鷹司従《のぶ》姫つきであった。

御台所とお伝の方の仲はあまりよくなかった。綱吉の寵愛がお伝の方に集まるのを、御台所はこころよく思わず、なにかと嫌がらせをしていた。また、お伝の方もお袋さまとして大奥の実権を吾が手にするに、御台所が邪魔であった。

「林家の書庫を伊賀者が襲ったそうでございまする」

すでにお伝の方のもとへ、昨夜の一件は報らされていた。お伝の方が、委細をささやいた。

「加賀守か」

憎々しげに綱吉は吐きすてた。

「吾が盾であった筑前守を排しただけでなく、今また躬の手をさえぎろうとするか」

「で、寛永寺慈眼衆とは何者ぞ」

初めて聞く名に綱吉が興味を示した。

「まだ正体は知れておりませぬ。しかし、なかなかの遣い手ばかりとのこと」

「ふうむ。早急に調べさせよ」

「はい……」

うなずいたお伝の方が、しばし逡巡した。

「なんじゃ」

「このようなことを申しあげてよろしいのかどうか。上様、なぜ林家に駿府文庫の召しあげを命じられませぬ」

そうすれば、すべては綱吉のもとに集まり、みょうな動きも規制できるとお伝の方が言った。

「駿府文庫は、家康さまのご遺言で林家に預けられたのだ」

将軍家とはいえ、家康の遺言にはさからえなかった。

「それにな。躬《み》は将軍になれるはずではなかったのだ。四代将軍になにかあれば、兄綱重が継ぐ。そう決まっていた。なればこそ、躬には将軍家の秘事は伝えられていなかった。躬は館林藩主として生涯を終わるはずだった。それをおまえが変えてくれた。兄二人、黒鍬の力で……」

綱吉がお伝の方を引き寄せた。

「上様にお力を差しあげたかったのでございまする。そして上様の手で黒鍬者を侍にしていただきたかった」

いっそう小さくお伝の方がささやいた。

黒鍬者の待遇は悲惨である。

十二俵一人扶持の禄高は、町方同心の半分もないうえ、身分も侍ではなく、中間小者扱いであった。表だって名字は使えず、御用のおりに木刀を一本腰にすることが許されるだけの軽輩でしかなかった。

まだ館林藩主として神田屋形にいた綱吉のもとへお伝の方があがるについても、実家の身分賤《いや》しきにつき、お控えなさるようにと老職から止められたほどであった。

「うむ。今はまだ老職どもが、うるさい。しかし、かならず引きあげてつかわす」

「上様……」

「しかし、それには、家康さまのお記録が邪魔なのだ。あれは、甲府綱豊こそ正統との証《あかし》となる。なんとしてでも綱豊の手に入ることだけは止めねばならぬ」

「失われたお記録は、やはり久能山に……」

「おそらくな。しかし、どこにあるかはわからぬ」

「向かわせましょう」

お伝の方が黒鍬を出すと言った。

「いや、黒鍬には、躬を始め、伝、そして鶴の警固をしてもらわねばならぬ。もう徳松の二の舞はしたくない」

苦い顔を綱吉が見せた。

「心づかぬことを申しました」

泣きそうな顔でお伝の方が詫びた。

「徳松の復讐もしてやりたい。甲府を躬は許さぬ。しかし、まだ躬は将軍として力を振るうことができぬ。先代がなにもかも御用部屋に任せるという前例を作ってしまったゆえな。幕府のすべては御用部屋の支配下にある。権のもつ力は人を狂わせる。老中どもはたかが家臣でしかないとの立場を忘れ、吾こそ天下の主と思いあがっておる。老中どもにすれば、躬を殺すなど簡単であろう。食事に毒を盛ることなど、いつでもできる。なんとか吾が手に実権をと、筑前守をつうじて、躬が政をおこなおうとしたとたん、あの刃傷だ。御用部屋が、躬を将軍とは認めておらぬ証拠よ。たしかに堀田筑前守の一存で決まったようなものだからの。なればこそ目付を使うのだ。あやつならば、失敗したところで御用部屋は躬に文句をいうこともできぬ。うまく働いてくれれば、加賀守らを抑えこむことができる」

綱吉は暁を使い捨てにすると宣した。

「かつて薩摩にいた隼人というのは、朝廷に降伏しておきながら、抗い続けた一族。いわば獅子身中の虫である。御用部屋たち、今の執政たちの懐へ入れた虫こそあやつよ。隼人正の名のりを与えたは、そこにある」

「ですが、いずれ上様が天下の権を握られたとき、隼人正は逆に仇をなす存在となりませぬか」

「さすれば、ひねり潰すのみよ」

冷酷な声で綱吉が言った。

「……」

お伝の方が綱吉の手をそっと胸に抱いた。

「雌伏もあと少し。見ているがいい、御用部屋、綱豊」

綱吉が恨みを漏らした。


目付としての勤務は殿中だけではなかった。江戸市中の見回りも任としてあった。といったところで、殿中での職務が煩雑で、町奉行や徒目付あたりから出務依頼がこないかぎり、まず出ていくことはなかった。

「市中を巡察して参りまする」

暁は当番目付に申し出た。

「うむ。落ち度のないように」

かかわらないと決めた当番目付は、あっさりと許可を与えた。

江戸城を下がった暁は、まっすぐ平太郎の屋敷を目指した。

「いるか」

「日中堂々と目付が来ては、なにがあったかと近隣で話題になるだろうが」

平太郎が苦い顔をした。黒の紋付きに麻裃《あさがみしも》の暁は、一目で目付とわかる。

「急ぎなのでな。許せ」

形だけ詫びて、暁は用件に入った。

「釣り出す気か」

きびしい表情で平太郎が言った。

「そうするしかないのだ」

「で、つきあえと」

暁は決意を見せた。

平太郎が嘆息した。

「迷惑だったか」

「……迷惑に決まっている。しかし、俺を頼ってくれたことはうれしいぞ」

「すまない」

暁は頭をさげた。

「どこから、始める。堀田家か。稲葉はなくなったから、調べようもない」

「いや、最初は天沢山麟祥院《りんしょういん》へ行こうと考えている」

「麟祥院……どこだそれは」

聞きなれない名前だと平太郎が首をかしげた。

「春日局さまの菩提寺よ。本郷湯島にある」

暁が誘った。

麟祥院は、春日局の願いを受けた家光が建立した寺である。寛永元年（一六二四）に建てられたこの寺を、春日局は隠居所として使用し、寛永二十年（一六四三）亡くなるまで住んだ。

「からたち寺のことか」

平太郎が納得した。

麟祥院は、周囲を塀ではなくからたちの生け垣で囲んでいたため、親しみをこめてそう呼ばれていた。

「あそこに春日局さまの墓があるとは知らなかったな」

本郷湯島へ向かいながら、平太郎が感心した。

「しかし、なぜ春日局さまなのだ」

平太郎が問うた。

「堀田筑前守どの、稲葉石見守に共通するのは春日局さま。そして春日局さまは、三代将軍家光さまのために駿府まで行かれたことがある」

「なるほどな。金森の斬首にもかかわるか。しかし、だいじないのか。春日局さまといえば、家光さまの乳母として幕府への功績が大きいぞ。うかつな手出しは、鷹垣家に傷を付けるのでは」

「……わかっている。だが、もう手だてがない」

「やぶれかぶれか。やれ、つきあうと言ったは早計だったか」

わざと平太郎が、悔やんで見せた。

「着いたぞ、でどうするのだ。住職に話でも聞くのか」

門前で平太郎が足を止めた。

「いや、なにも考えておらぬ」

「おぬし……」

暁の返答に、平太郎が呆気にとられた顔をした。

本郷湯島の麟祥院の格は高い。幕府から寺領三百石を与えられ、手厚く保護されていた。目付といえどもゆえなく探索の手を入れることは控えなければならなかった。

「では、なんのためにここへ来た」

「墓参りでいいのだ。どうせ、拙者は見張られている」

「……うむ。わかっていたか」

平太郎がうなずいた。

「ならば、ここへ来たことは、今夜にも敵というか、相手方の主な者へ伝えられるであろう。拙者がなにかを摑んだと思ってくれれば、なにかしらの動きが出よう」

「麟祥院が的外れであったら、相手は無視するだけぞ」

「それならそれでいい。春日局さまと関係がないとわかるだけでも助かる」

「……おぬしらしくもないな。いつもならば、確実に条件を整えて試験に挑むというに」

いつもの暁らしくないやりように、平太郎が驚いた。

「試験ならば、対策の取りようはいくらでもある。相手は書物だ。先人の教えは、何百年前から変わらぬ。覚えてしまえばすむ」

「それができんのだよ、普通はな」

平太郎は剣にかまけたぶん、学問が苦手であった。

「しかし、人相手は変化がある。すべての手を覚えたとて、それは結局拙者の気づく範囲でしかない。予想と違うことを起こされては、対応できぬ。なれば、あまり枠にはめて考えを狭めるより、臨機応変がよいと考えた」

「剣の極意とおなじか。流れる水のごとく、相手にあわせて姿を変える」

「どちらにせよ、相手次第なのだ。われらは敵の顔さえ見ておらぬ。向こうは拙者のことをよく知っているというのにな」

「後《ご》の先《せん》か。抜刀術の得意とするところだ」

「ここまで来たのだ、墓に参るくらいの礼儀は尽くさねばな」

暁は門を潜った。

二人を見張る目は三つあった。一つは徒目付柿谷多門である。

「麟祥院か。春日局さまに目を付けたか。これはおもしろくなってきたな。どれ、誰が一番高く、買ってくれるか。そろそろ見極めるべきだな」

柿谷多門が踵《きびす》を返した。

もう一つは、物売りに身をやつした甲斐忍信蔵であった。

「浪人者を使っての脅しはまったく無駄であったな。侍のやることはいつも的をはずしている。最初から吾に任せてくれればすんだものを。浪人者がかえってやぶ蛇となつたな。警戒させてしまっただけではないか。あの目付についている侍はかなり遣う。なにか手を考えねばなるまい」

物売りに扮した信蔵は、さりげなく門前を過ぎてから、足を早めて去っていった。

最後の一人は、麟祥院のなかまで入りこんでいた。

春日局の墓に手を合わせる二人を遠目で見ていたのは、黒鍬衆の男であった。

「なにをしておる、あやつは」

拝み終わった暁が、墓石の四面をくまなくあらためだしたのを見て、黒鍬衆が首をかしげた。

「誰でも見られる墓石に、なにを求めておるのだ」

黒鍬衆があきれた。

「声が聞こえぬ。今少し近づきたいが、あの剣士に感づかれてはな」

平太郎がかなりの遣い手であることを黒鍬衆は知っていた。

「なにもないな」

墓石に刻まれているのは、麟祥院殿仁淵了義尼大姉の法名と没年、それと簡単な事蹟だけであった。

「あたりまえだ。他になにを刻むというのだ。こんなところに手がかりがあれば、苦労はせぬ。剣の名人の墓なぞ、ただの石ばかりだ。秘すべき極意は、他人の目に見えぬところで伝えられる」

諸国修行の最中、名だたる剣豪の墓を見てまわった平太郎が首を振った。

「それもそうか。よし、出よう」

麟祥院にもう用はないと、暁はうながした。

四

「このあとどうする」

門前で平太郎が次はどこだと訊いた。

「先聖殿か、あそこは苦手だ」

平太郎が嫌そうな顔をした。

「おぬしはなにも言わずともよい。なんなら玄関で待ってくれててもいい」

「そうさせてもらおう。林翁と顔をあわせたくないからな」

学問の修了を待たずに、平太郎は逃げだしていた。

本郷湯島から上野忍岡はそう離れてはいない。二人は小半刻あまりで林家に着いた。

「また来たか」

訪れた暁に、林鳳岡は苦い顔をした。

「書庫か。ならば鍵を貸してやるゆえ、勝手に参れ」

「いえ。書庫ではございませぬ。師、欠けたご記録は見つかりましてございまするか」

暁は用件に入った。

「いや。なにより愚昧は、あれから書庫に入ってもいない」

林鳳岡が首を振った。

「では、どこにあるか思いあたられることも」

「まったくない……いや……」

否定しかけた林鳳岡が、言葉を止めた。

「ご存じのところでも」

意気ごんで暁は身を乗りだした。

「……どこにあるということではない。ただ、家康さまの遺品となれば、あるていど推測できよう」

試すように林鳳岡が言った。

「家康さまのかかわりとなれば、まず江戸城、つづいて駿府城、日光と久能の東照宮……このあたりでございましょうか」

暁は指を折った。

「あと一つ。東叡山寛永寺」

「寛永寺でございまするか。寛永寺はたしかに徳川の菩提寺でございまするが、創建は三代将軍家光公の治世。どちらかといえば増上寺のほうが、家康さまとかかわりが深いと思いまする」

寛永寺は名前に年号をいただいているように、創建は家康の死後、寛永二年（一六二五）である。家康の生きている間に寛永寺は存在すらしなかった。

一方増上寺は、家康が徳川家代々の菩提寺とした。もともと増上寺は武蔵国豊島郡で二百年の歴史を誇る古刹《こさつ》であった。豊臣秀吉によって三河から江戸へ移された家康が、増上寺の僧侶存応《ぞんのう》上人に帰依し、庇護した。

「表に見えることはの」

林鳳岡は、暁の反論を浅いと否定した。

「たしかに寛永寺の創建は家康さまがお亡くなりになったあとじゃ。愚昧が言うのは、創建の時期ではない。開祖のことだ」

「家光さまでございまするか」

「いいや。寛永寺を創らせた僧侶のことよ」

「寛永寺といえば……」

暁は、すぐに思いあたった。

「天海大僧正さま、家康さまの導師」

「うむ。お亡くなりになった家康さまの神号を東照大権現と定められたのも、天海大僧正どのだ」

林鳳岡が加えた。

天海大僧正ほど謎に満ちた人物はいなかった。

家康と出会うまでの日々については、比叡山で修行していたことぐらいしかわかっていなかった。

「天海大僧正さまとは、どのようなお方でございましょう」

さすがの暁も知らなかった。

「愚昧も会ったわけではない。祖父から聞いただけじゃ」

前置きをして、林鳳岡が語り始めた。

「天海大僧正どのと家康さまの出会いは、天正十八年（一五九〇）の小田原北条征伐までさかのぼるという……」

豊臣秀吉による天下統一の総仕上げともいうべき小田原北条攻めは壮大なものであった。

難攻不落、十万の大軍を数年支えきれると北条氏が豪語したほど、小田原城は堅固であった。小田原城の堅塁を頼りに、反抗し続ける北条氏を攻め落とすべく、秀吉は陸海あわせて二十万の大軍勢をおこした。秀吉は、それだけの数を集めていながら、力押しにはせず、小田原城を取り囲んで北条氏の降伏を待った。大陸侵攻を考えていた秀吉は、味方の被害を最小限に抑えたかったのだ。

徳川家康も秀吉麾下の将として兵を出していた。その陣中に天海がいた。

「陣中にいた。僧侶が陣中に来るは……」

暁が首をかしげた。

「安国寺《あんこくじ》恵瓊《えけい》を見るまでもなく、陣中の僧侶が役目は決まっておる」

徳川にとって反逆者である安国寺恵瓊に、林鳳岡は尊称をつけなかった。

「僧侶が陣中におるは、使僧となるため」

使僧とは、攻める側と守る側の間を行き来する連絡役のことであった。僧侶は戦国の世とはいえ、知識のある衆生《しゅじょう》を救う者として尊敬されていた。もちろん、ただの使者ではなかった。戦場でも危害を受けないのを利用して、降伏の交渉などをおこなった。

安国寺恵瓊が織田信長の部将として毛利征伐に来た羽柴秀吉、のちの豊臣秀吉と毛利家の間を取りもったことは有名である。信長の死を受けて、秀吉の背後を襲おうとした毛利家をとどめたのも安国寺恵瓊であった。

使僧とは、それだけ大きな影響力を持っていた。

おかげで秀吉は本能寺の変に素早く対応することができ、天下統一の第一歩を踏み出せた。

秀吉は安国寺恵瓊の恩を忘れず、伊予六万石の大名に取り立てた。使僧の手柄は戦場の槍働きをこえる価値のあるものであった。

「されど師よ。使僧となるには、大将との間に強固な信頼がなければなりませぬ。いくら高名な僧侶であっても、いきなり使僧となすことなどありますまい」

暁は疑問を呈した。使僧には、交渉ごとにおいてかなりおおきな裁量が与えられた。それこそ領土分割の範囲まで任された。その使僧が敵に通じていたら、戦は負けも同然である。将と使僧のあいだに必要なものは、なにより信頼であった。

「初見でそこまで信用できましょうか」

「わからぬ。神君さまは人を見抜かれる才をお持ちであったのかも知れぬ」

素朴な暁の問いに、林鳳岡は答えともいえぬ言葉を返した。

「小田原以前については、愚昧は浅学にしてわからぬ。だが、小田原以降、天海大僧正どのは家康さまの側にあり続けた。まず、上野《こうずけ》の国長楽寺の住職から、武蔵国の無量寿寺北院へ移った。今の喜多院じゃ」

「喜多院といえば、三代将軍家光さまの崇敬厚かったところ」

すぐに暁は思いあたった。

家光の喜多院へ対する好意がどれほどのものであったかは、寛永十五年（一六三八）のことで知れる。火災で山門をのぞくすべてを失った喜多院の再建を、家光は幕府に命じ、なんと江戸城御殿の一部を移築させた。

「喜多院の住職となった天海大僧正どのは、関ヶ原の合戦にも従軍、そののちも豊臣家を滅ぼすもととなった方広寺鐘銘の一件にもかかわられたという」

「方広寺鐘銘……」

徳川の家臣ならば誰もが知っていることであった。

関ヶ原を経て江戸に幕府を開いたとはいえ、まだ大坂には豊臣家があった。二百万石をこえていた領土も、家康の手で六十万石あまりまで削られたが、難攻不落の大坂城と秀吉の残した莫大な金銀財宝は残った。

金はなによりも強かった。豊臣家がその気になれば、徳川でさえ持っていない南蛮の新兵器をいくつでも買うことができ、豪傑英雄と呼ばれた武将を抱えることも容易であった。豊臣家に臣従を求めるいっぽうで、家康は巨額の金を浪費させようと躍起になった。

秀吉の追善法要のためと称して、家康は秀頼に戦争で荒れ果てた各地の神社仏閣の修復を勧めた。その最たるものが秀吉の菩提寺方広寺再建であった。

方広寺の造営は天正十四年（一五八六）、秀吉によって始められた。大和東大寺より大きい大仏を誇り、天下一の名刹と豪語したが、慶長元年（一五九六）、地震により大仏の開眼法要を待たず崩壊した。その後秀吉の遺志を継いだ秀頼によって大仏の再鋳造は行われたが、慶長七年（一六〇二）、失火により七堂伽藍が焼失した。

家康はこの方広寺を秀頼に再建させようとした。家康の言葉巧みな誘いにのって秀頼は、巨額の金を使って三度方広寺の建造に取りかかった。

慶長十九年（一六一四）四月、大仏殿の造営が完了、落慶法要をおこなうこととなった。それに家康が待ったをかけた。方広寺の梵鐘《ぼんしょう》に不吉な文章があると苦情を申し立てたのだ。

梵鐘に彫られた国家安康、君臣豊楽の銘が、家康の名を割ることで呪い、豊臣の繁栄を祈るものだというのである。

あきらかな言いがかりであった。

しかし、天下の権を握る者が強かった。五山の僧侶たちを巻きこんでの大論戦は、徳川のごり押しで終わった。

「うむ。天海大僧正どのはその論戦に参加されていた」

梵鐘の銘は、こうして豊臣秀頼に家康への叛意《はんい》ありの証拠となり、大坂の陣の発端となった。

「まるで謀臣ではございませぬか」

暁は目を見張った。

徳川家最高の謀臣本多佐渡守正信は、そのころ二代将軍秀忠につけられ、家康のもとにいなかった。天海大僧正は、その代わりをなしていた。

家康と本多正信の仲が水魚の交わりと称されたように、謀臣ほど主君に信頼される者はいなかった。

「さらに天海大僧正どのは、家康さまから日光山貫首を任じられた」

「日光……」

　幕臣にとって日光は特別な意味を持つ。初代神君家康と三代家光の遺体が、日光東照宮にまつられているのだ。

「そうだ。天海大僧正どのは、家康さまの臨終にもつきそわれた。駿府で亡くなられた家康さまは、天海大僧正どのたちわずかな側近の手によって、ときをおかず久能山東照宮へ埋葬された」

「ときをおかず……」

　暁は驚いた。

　将軍位を秀忠に譲ったとはいえ、家康は天下の主である。天皇に次ぐ地位にあるといってもいい家康の葬儀にしてはあまりに異例であった。

　家康の死ともなれば、京五山のいずれかで、何十人、いや何百人の僧侶が読経するなか、数万の参列者に見守られて粛々とおこなわれてしかるべしである。

　当然、すぐに準備できるものではなく、死後数日から数カ月のちに催されるのが普通であった。

　しかし、家康の埋葬は急がれた。

「これを読むがいい」

林鳳岡が一冊の書物を渡した。

「祖父羅山の残した日記から抜粋した神君家康公臨終の項だ」

「拝見いたしまする」

うやうやしく暁は受け取った。


暁が記録の抜粋を紐解いていたころ、林家門前で平太郎は待ちくたびれていた。

「なにをしてやがる」

初夏の日差しもさすがに西へと傾いていた。一日の仕事を終えた庶民や武士たちが家路につき、人気《ひとけ》はほとんどなくなった。

「どうかなされたかの」

初老の僧侶が、平太郎に話しかけた。

「お気遣いに感謝いたしまするが、なんでもござらぬ」

ていねいに平太郎は頭を下げた。

「さようでござるか。いや、善哉善哉」

小さく唱えながら初老の僧侶は背を向けた。

林家の角を曲がった僧侶が、表情を消した。

「いかがでございましょうや、慈泉さま」

林家の塀の上から、声をかけたのは震撼坊であった。慈眼衆は、暁たちを見張っていた。

「なかなかに遣うぞ」

足を止めて慈泉が告げた。

「目付の警固を担うだけのことはあるな」

「引導を渡しましょうか」

震撼坊が問うた。

「いや、ここで襲うのはまずかろう。あまりにお寺に近すぎる。なにより、僧体では身元を明かしているようなものじゃ。それにわれら慈眼衆が手を下す必要もなかろう。あれだけ派手に動き回ったのだ。目付を邪魔だと思う者の辛抱も続くまい」

小さく慈泉が首を振った。

「慈眼衆は、寛永寺の敵とだけ戦う。誰でも彼《か》でも引導を渡すというのは、御仏の教えに背くことになる。ただ、必要となれば仏罰を与えるにためらいはない」

「はっ」

大柄な震撼坊が、小柄な慈泉に従った。

「空閑《くうかん》」

「これに」

気配のなかった慈泉の背後から呼びかけの返事があった。

「目付から目を離すな。あと一歩、天海さまに近づくようならば……」

冷たい口調で慈泉が命じた。

「承知いたしましてございまする」

姿なき声が受けた。


日記の抜粋を読み終えた暁が啞然《あぜん》とした。

「こんなことが……とても天下人の臨終とは思えませぬ」

先ほど林鳳岡が言ったとおりであった。元和二年四月、駿府で永遠の眠りに就いた家康は、あわただしく通夜をすませると、雨天のなか久能山へ埋葬されていた。

「だが、それが事実じゃ」

重く林鳳岡が首肯した。

「なぜ……」

暁は林鳳岡を見た。

「わからぬ。さらに家康さまのご遺体は三周忌を待たず日光へ移されている。そこになにがあったのか、愚昧ではわからぬ。ただそのすべてが天海大僧正どのの指示だということよ」

林鳳岡の言葉は、確実に暁を誘導していた。

「秀忠さまの許しもなく、一夜のうちに埋葬されたご遺体。そして二年という短い期間で移された墓」

「古来埋葬には、故人の愛用した品々を……」

「お邪魔いたした。ご免」

最後まで聞かず、暁は立ち上がった。

「どこまで見抜いたか、鷹垣。命がいくつあっても足らぬぞ、おぬしが目指す真実にたどりつくまでにはな。敵は寛永寺のみならず」

暁の姿がなくなった居室で、林鳳岡がつぶやいた。

「帰るぞ」

林家の門を出た暁は、平太郎にそう告げると、急ぎ足で元飯田町へと歩き出した。

「おい、なにかあったのか。顔色が悪いぞ」

あわてて追いかけた平太郎が、気遣った。

「往来でできる話ではない」

短く暁は答えると、無言になった。

「お帰りなさいませ。兄上、おいでなさいませ」

「夕餉を頼む」

出迎えた知に言いつけると、暁は平太郎を奥へ誘った。

「来てくれ」

「わかった」

きびしい表情で平太郎が首肯した。

「飯の前に話す」

暁は、語り始めた。

「で、おぬしはどうするつもりだ。ことが大きすぎるぞ。神君家康公まで話が届いてしまっては、いかに目付といえども手に負えぬ。下手するとどころか、手を触れただけで鷹垣家は改易、おぬしは切腹だ」

平太郎の顔色もなくなっていた。

「わかっている。だが平太郎、考えてくれ。神君家康公、天海大僧正さま、春日局さま、堀田筑前守どの、稲葉石見守とこれだけの人物が少なくともかかわっている大事なのだ。それが起こるまであと四日しかない。もし、御上を揺るがすようなものであったとしたら、見逃すわけにはいかぬ」

貼りつく舌を無理矢理に動かして、暁は述べた。

「平太郎。つきあってくれ」

暁は頭を下げた。

「……………」

じっと平太郎が無言で見つめた。

「知をどうする」

一拍の間を置いて平太郎が訊いた。

「……知は……鷹垣の妻だ。覚悟はできているはず」

苦渋に顔を一瞬ゆがめた暁だったが、断言した。

「けっこうだ。その言葉だけでいい」

平太郎が大きくうなずいた。

「ならば、飯を喰わせてもらおう。腹が減っては戦ができぬ」

「ああ。おい」

暁が呼ぶのを待っていたかのように、襖が開いた。

「おまたせをいたしましてございまする」

知と女中が膳を掲げて入ってきた。

「どうぞ」

膳を置いた知が、給仕に残った。知の瞳はぬれて光っていた。

「聞いていたな」

平太郎が知に言った。

「はい」

背筋を伸ばして知が答えた。

「鷹垣の妻として恥ずかしいまねをいたすなよ」

「ご懸念くださいますな」

知がしっかりと首をたてに振った。

「で、どうする」

飯を喰いながら平太郎が暁に質問した。

「駿府へ行く」

「なにっ、江戸を離れるというのか」

平太郎が飯を噴いた。

「兄上、みっともないことを」

急いで知が、懐紙を平太郎に差し出した。

「すまぬ。いや、それどころではないわ。暁、正気か。江戸なればこそ目付の権威はある。街道に出てしまえば、目付も旗本もないぞ」

平太郎が諫めた。

「諸国修行の旅をしたことがあるからこそ、言うのだ。暁、考え直せ。他にいくらでもやりようはあるはずだ」

「いや、これしか手はない」

暁は首を振った。

「あるではないか。今までの経緯を上様にお話しし、不意に備えていただけばいい。それがどのようなことであっても、あらかじめ心づもりをしておけば、大きな被害にはならぬ。地震でも火事でも、来るとわかっていれば、対応のしようはいくらでもある」

必死で平太郎が止めた。

「拙者も上様にお話しすべきかと思った。しかし、今の状況で、上様のお耳に入れるにはあまりに心もとなさ過ぎる。あいまいなことを上様に申しあげて、いたずらにお心を乱すことがよい結果を生むとはとても思えぬのだ」

「……」

「上様はよき補佐役であった堀田筑前守どのを失われて、お力を落とされている。そこに確たる証拠もない話を持ちこんで、お手をわずらわせ、政の進捗《しんちょく》を遅らせることになっては、申しわけない」

「暁よ、そこまで上様はお弱いか」

平太郎が重く訊いた。将軍に目通りのできない御家人である平太郎は、綱吉の姿をみたことさえなかった。

「お弱くはない。お強いだろう」

「ならば、ためらうことはあるまい。将軍家とは、すべての武家を統べられる存在である。経緯だけでもお話ししておかねば、われらに万一のことがあったとき、上様は白紙で戦わねばならぬことになるぞ。剣術でもそうだ。敵のことをまったく知らずに刃をかわすことほど怖いことはない。たとえ流派だけでも、身体つきだけでも、あるいは、いつ勝負となるかの刻限を知るだけでも、勝機はずんと増える」

繰り返し平太郎がうながした。

「それに、上様に駿府へ行くと申しあげておけば、かならず、敵の耳にも入ろう。早いうちに動いてくれるやも知れぬ」

平太郎が、これも餌の一つだと話した。

「……わかった。明日、上様にお目通りを願おう」

納得して、暁はようやく膳へ手を伸ばした。


約束どおり綱吉は、暁の求めに応じ、決裁を待つ老中を待たせてまで目通りを許してくれた。もちろん、先日と同じように人払いのうえであった。

「駿府へ参りたいだと」

願いを聞いた綱吉が、驚きの表情を浮かべた。

「なにをおまえは見つけたいのだ」

「堀田筑前守さまと稲葉石見守が刃傷の真相を見きわめとうございまする」

綱吉の問いに、暁は真意を隠して答えた。

「……刃傷の真相だと……まことか」

きびしく綱吉が問いただした。

「それだけではなかろう。なにを求めておる」

「……」

暁は平伏することで追及から逃げた。

「まだ言えぬか。よほどのことのようだの」

綱吉がふっと目を緩めた。

「よかろう。駿府へ参ること許す。必要な手配は道中奉行をつうじておこなうがいい」

「かたじけのうございまする」

畳の目を見つめながら、暁は礼を述べた。

「目付の権も、江戸を離れれば弱くなる。じゅうぶんに注意をいたせ」

「はっ」

「隼人正」

威儀を正して、綱吉が呼んだ。

「帰府のうえは、ただちに躬のもとへ報告に参れ。そのおりは、何一つ隠すことは許さぬ」

「ははあ」

いっそう暁は額を畳に押しつけた。

「さがってよい」

綱吉が手を振った。

一礼して暁は、膝ずりのまま上段の間を出ようとした。

「忘れるな。旗本が忠誠をつくすべき五代将軍は躬であることをな」

重い声で告げる綱吉に、暁は返答さえできなかった。

第五章　解封の罪

一

鷹垣隼人正が駿府へ旅立つ許しを綱吉からうけたとの話は、一刻（約二時間）もしないうちに城中へひろまった。

「駿府へ目付をいかせるなど、上様はなにをお考えなのだ」

老中大久保加賀守忠朝が嘆息した。

「よろしくございませぬな」

戸田山城守忠昌も頭を抱えた。

御用部屋の隅で二人は小声で語り合っていた。

「金森が持ちだした書付は、焼却いたしたのでございましたな」

「徒目付に命じて焼かせましてござる」

写しとはいえ家康にかかわるものを焼くことに抵抗を感じた大久保加賀守は、徒目付に責任を押しつけていた。

「もっとも金森が写しを作っておらぬという保証はございませぬ」

確認する戸田山城守へ、大久保加賀守が懸念で答えた。

「なにより久能山には本物がござる」

戸田山城守が頬をゆがめた。

「久能総門番榊原家か」

苦々しい顔を大久保加賀守も見せた。

「いつまでも本家分家にこだわりおって。現実を見ぬ愚か者」

「本物をどうにかしてしまうわけには……」

「貴殿がなさるというなら、拙者は止めませぬ」

うかがうように言った戸田山城守へ、冷たく大久保加賀守が返した。

徳川家康は幕府にとって特別な存在、神であった。その家康が遺したものを破棄する。これは幕府に対する叛意と取られてもしかたがない。たとえ手紙の一枚でも、燃やそうものなら、切腹改易はまちがいなかった。

「では、目付をどうにかするしか」

「上様のお許しが出た者を殺すこともできますまい」

「事故を装えばよろしかろう。道中でござれば、なにがあってもおかしくないと」

「上様の疑念を招くことになりますぞ。堀田筑前守を隠れ蓑としていたゆえ、気づきにくかったのはたしかでございますが、上様はかなりおできになられる」

延宝五年（一六七七）から老中を務めているだけあって、大久保加賀守は綱吉の変化に気づいていた。

「目付の動きを邪魔する。それしかございますまい」

大久保加賀守が述べた。

「どうなさるおつもりか」

「手だてはお任せいただこう」

「承知いたした。ところで加賀守どの」

手段について納得した戸田山城守が訊いた。

「写しはあの一枚だけなのでございましょうな」

「わかりませぬ。あの写しは、久能山東照宮の警衛に任じられている久能総門番榊原家に伝わっていたもの。榊原家の二代榊原大内記照久が、家康さまのお許しを得て写筆したとか」

「榊原大内記がなぜ」

戸田山城守が首をかしげた。

「家康の記録を写す。写しといえども家康のものとなれば、責任重大であった。将来下手をすれば家に仇《あだ》をなしかねないものを欲しがる理由が、戸田山城守にはわからなかった。

「……榊原家は、信康《のぶやす》さま付きであったゆえ」

「信康さま付き……」

二人の老中は顔を見あわせた。

信康とは、家康と正室今川義元の姪築山どのの間に生まれた嫡男であり、将来を嘱望された武将であった。しかし、信康は、武田勝頼と内通したとの疑惑を受け、織田信長の命によって切腹させられていた。

「それで大内記は、写しを欲しがったのでござるか」

戸田山城守が納得した。

「子孫への言いわけでござろうよ。榊原の本家がわずか千八百石の寄合旗本にしかなれなかったことへの」

冷たく大久保加賀守が言った。

榊原大内記照久の父清政は、徳川四天王と称された榊原式部大輔康政の兄である。三河以来の譜代榊原の惣領家として、家康の信任も厚く、とくに選ばれて信康に付けられた。

家康の嫡男に付けられる。これは、次代の栄華を約束されたも同然であった。いずれ家康が隠居し、信康が当主となったとき、付けられていた家臣たちが徳川での本流となる。

榊原清政も喜んで信康付きの将として、戦場働きにいそしんだ。

そこへ降って湧いた信康内通であった。信康は切腹、付けられていた家臣たちも家康のもとへと帰ることになった。

徳川譜代のなかでも重きをなす榊原の本家として信康の宿老を務めていた清政は、内通一件の責任を負わなければならなかった。清政は浪人し、弟榊原康政のもとへ身を寄せた。

のち許されて、清政は久能山の守衛を命じられたが、徳川の跡継ぎは秀忠にきまっていた。徳川が天下の主へかけあがる戦に参加できなかった清政は、家康麾下の一旗本として埋もれていくしかなかった。

「儂のせいではないという先祖の言いわけか……子孫も迷惑なことだ」

感慨深げに戸田山城守が息をついた。

「榊原の事情などどうでもよろしかろう」

「でござったな」

大久保加賀守の言葉に戸田山城守が首肯した。


「駿府へ向かう目付を見張ればよろしいので」

伊賀者の頭服部三左が命の内容を確認した。

「うむ」

城中で大久保加賀守と伊賀者は、虎之御門玄関式台で会うのが慣例であった。

「われら以外の者が、目付に手出しをいたしたおりは、助けまするか」

「そのときは……無視していい。ただし、襲った者はかならずとらえよ」

「生かして」

「うむ。殺してはならぬ。そやつを証拠として連れて帰れ。背後を探らねばならぬ」

「甲府でございましょう」

服部三左が述べた。

「確たる証もなく、ご一門を疑い申すわけにはいかぬ。わかるな。甲府家は上様の近

い お身内なのだ」

大久保加賀守が含みのある言い方をした。一族から反乱者を出すわけにはいかない。徳川の、いや幕府の軽重《けいちょう》が問われることになる。

「無理なときはかならず滅せよ」

「手足を奪えと」

配下を失い将一人となってしまえば、満足に戦うこともできない。大久保加賀守は徳川綱豊の力をなくせと告げた。

「もし、甲府の手の者が目付に討たれたときは、いかように」

「……………」

無言で大久保加賀守は服部三左を見た。

「目付が闇に触れたならば……殺せ」

大久保加賀守が、命じた。疑いを持ったところで、旅先のことであれば、綱吉の手出しは難しい。

「上様が疑念をおもちになられましょう」

「やむをえぬ。闇を白日の下にさらされるよりはましだ」

服部三左の危惧《きぐ》を大久保加賀守がおさえつけた。

「伊賀組の面目をたてて見せよ。お伝の方さま率いる黒鍬の後塵《こうじん》を拝することにならぬようにな。次第によっては与力への昇格も考えてやる」

「はっ」

服部が頭をさげた。

伊賀組の組屋敷は四谷にあった。伊賀者が幕府に抱えられたのは、本能寺の変での手柄によった。

明智光秀による本能寺の変のおり、家康はわずかな近臣を連れて堺にいた。信長が殺されたことを知ったとき、すでに京から近江は明智の手におち、家康の帰途は大きく阻害されていた。その家康を救ったのが伊賀者であった。堺から大和を通って伊賀へ抜けた家康を、忍たちが出迎え、伊勢桑名まで警固したのである。

こうして無事本国へ帰ることができた家康は、褒美代わりに伊賀者二百人を同心として召し抱えた。

その伊賀組は明屋敷伊賀者、山里曲輪伊賀者、小普請方伊賀者、そして御広敷伊賀者と四つに分けられていた。

家康を命がけで守ったわれらが同心で、なんの手柄もない甲賀者が与力であることに不満を言いたてて、伊賀者が反乱をおこした結果であった。反乱といっても待遇改善を訴えただけであったが、幕府は伊賀者の言いぶんを取りあげず、武力で鎮圧した。いかに忍といえども、数倍の旗本に囲まれては戦にならない。かなりの間頑張った伊賀者も、ついに矢つき刀折れて降伏した。

一つところに置いてはろくなことにならずと、幕府は伊賀者を分割し、それぞれの連携を断った。

分割された伊賀者のなかで、御広敷伊賀者が探索方として残り、酒井雅楽頭を経て大久保加賀守の手になっていた。

組屋敷に戻った服部三左は、配下たち六名を集めると、その夜のうちに江戸を出た。

江戸城中の噂は御殿坊主に訊けという。殿中のどこへでも立ち入ることが許された御殿坊主は、御用部屋から台所まで、いつでも聞き耳をたて、噂を集めては、欲しがるであろう大名、役人に売りつけていた。

「目付が駿府へ」

甲府藩徳川綱豊の留守居役山口主計は、金で飼っている御殿坊主からの報せを、藩主へ告げた。

「どう思う、主計」

綱豊が問うた。

「行く先は久能山ではございませぬが、よろしくないと愚考つかまつりまする」

山口主計が答えた。

「あと少しなのだ。家康さまのご記録さえ手に入れれば、余は六代将軍となり、綱吉によって乱れた天下を儒教の示す正しき世に戻せる」

興奮した口調で綱豊が述べた。

「久能山からの報せはまだか」

「いまだございませぬ」

小さく主計が首を振った。

「榊原へ話は通しておるのであろう」

「はい。殿が将軍となられたあかつきには、榊原家を久能総門番から解き放ち、五万石を与えたうえで、若年寄にとのお墨付きを渡してございまする」

「千八百石から五万石ぞ、なに迷うことがあるというのだ」

いらだちを綱豊が見せた。

「なかなかふんぎりがつかぬのでございましょう。すでに榊原家も総門番として二代、久能山守衛として三代を重ねておりまする。分家である榊原式部大輔家に比して禄高は八分の一ほどしかございませぬが、寄合旗本としてつつがなく来ておりまする。しかし、武士として大名となるのは、夢。戦場働きでの手柄がない今、身上がりをするには、殿のお言葉にしたがうしかございませぬ。まもなく吉報が届きましょう」

山口主計が焦られるなと諭した。

「まことであろうな。十日の間と申したは、そなたであったはずじゃ。すでにそれから六日経っておる。あと四日で久能山から江戸まで来られるのか」

「旅路のことでございますれば、なかなか日程どおりに参りませぬが、きっと。殿には、上様となられたおり、どなたを執政にするかなどをお考えいただき、今しばしお待ちくださいますよう」

綱豊の前から下がった山口主計は、ただちに日比谷御門外の上屋敷を出て青山の下屋敷へと向かった。

徳川綱豊は、三代将軍家光の孫にあたる。

家光には三人の成人した男子がいた。四代将軍となった家綱、甲府家を創立した綱重、そして五代将軍となった綱吉であった。

家綱が跡継ぎなくして死ぬ二年前の延宝六年（一六七八）、綱重は三十五歳の若さでこの世を去った。寛文二年（一六六二）生まれの綱豊は、甲府家を継ぐことはできたが、二年後の五代将軍継承では、一代家光から遠くなったとして名前さえあがらなかった。

　十九歳となっていた綱豊は、候補にさえならなかったことが心外であった。父があと二年生きていてくれたら、五代将軍は綱重となり、綱豊は世継ぎになっていた。綱豊は綱吉を深く恨んでいた。

「殿を将軍にすれば、儂は側用人として大名になれる」

　留守居役山口主計も野望を持っていた。

　甲府家の家臣はもと旗本が多かった。山口主計もその一人であった。山口主計は、将軍の直臣から一門とはいえ陪臣へ落とされたことに鬱々としたものを抱えていた。

　青山の下屋敷に着いた山口主計は、誰とも会わず、広大な庭園を散策した。

「御留守居」

　庭園のなかほど、屋敷のどの建物からも姿の見えない泉水の陰に来たところで、声がかかった。

「信蔵か」

「これに」

　目の前に小柄な男が湧いた。

「おぬしの報らせどおり、目付が探索の手を伸ばしてきおった。詰めの段階まで来た今邪魔をされるわけにはいかぬ。鷹垣が駿府へ発つ。途中で片づけろ」

「はっ」

信蔵が受けた。

「忍の技に長けておるのは存じておるが、そなた武術はどうだ。目付はあの石山無頼斉を倒したほどの遣い手ぞ。石山は一刀流免許皆伝の腕であったというではないか」

石山無頼斉とは、最初に暁を脅した背の高い浪人者のことであった。

「甲斐忍は、もともと信玄公の耳目。伊賀や甲賀と違い、遠く九州や奥羽にも足をのばしてござる」

生きて帰ってきたことが証明であると信蔵が述べた。

「あれを」

信蔵が泉水で泳ぐ鴨を指さした。

「鴨がどうかしたか……」

目をやった山口主計が息をのんだ。

二十間（約三十六メートル）以上離れていた鴨が、羽を散らして倒れた。

「く、首がない」

力なく浮く鴨を凝視した山口主計が息をのんだ。

「これを使いましてござる」

手にしていた手裏剣を信蔵が見せた。

八方手裏剣であった。八方に三角の刃を突きだした手裏剣は、回転しながら飛び、易々と目標を斬り裂いた。棒手裏剣と違い、力のかけ方を変えれば、まっすぐではなく大きく曲げて飛ばすこともできた。ただ棒手裏剣より加工が難しく、伊賀も甲賀も持っていながら使うのをためらったほど一つあたりが高価であった。

金鉱山をいくつも持ち、戦国一裕福な大名であった武田家に仕えていたからこそ、八方手裏剣を豊富に持つことができ、甲斐忍はその技に精通していた。

「刀術もお目にかけましょうや」

信蔵が腰に差していた忍刀を揺すった。

「いや、いい」

山口は首を振った。

「朽ちていくだけであった甲斐忍を拾いあげてくださった殿へのご恩返しは、今ぞ」

「お任せくだされ」

自信ありげに信蔵がうなずいた。

翌早朝、平太郎と庄蔵だけを供に、暁は江戸を発った。

「駿府まで行ってなにをするというのであろうな」

徒目付柿谷多門は、高輪の大木戸で暁たちを見送った。隠密役といえども徒目付は江戸を離れることが許されていなかった。

「鷹垣が調べた金森の一件、根はそうとうに深い。とても目付一人でどうにかなるようなものではない。拙者が探っても尾さえ見つけられぬのだ」

すでに暁の姿は豆粒のようであった。

「生きて帰ってこれるかの」

柿谷が小さくつぶやいた。

「伊賀者を出されたようだが、御老中も頭の固いことだ。忍は闇でこそ価値がある。日のあたるところで、忍はあくまでも影なのだ。影は光に勝てぬ。もっとも光あるところに影は生まれ続けるがな」

潮風が柿谷の鼻に匂った。

「俺も御用部屋の影。しかし、この闇に巻きこまれては助からぬ。この写しだけが頼りか」

懐から書付を出して、柿谷が踵を返した。

二

久能総門番榊原越中守照清《てるきよ》は、綱豊の使者と交渉していた。

「このお墨付きどおりの褒賞を約すと殿は仰せられておられる」

使者に選ばれたのは、綱豊の近習頭内藤主膳であった。内藤主膳は山口主計と並んで綱豊の幼少から仕えた側近である。

「五万石でございますか。大禄でござるな」

榊原越中守が、感嘆して見せた。

「されど、吾が分家榊原式部大輔の家は十万石。分家より本家が格下というのは、綱豊さまの本願にも反するのではござらぬか」

「五万石では足らぬと申すか」

内藤主膳が気色《けしき》ばんだ。

「たかが紙切れ数枚で五万石、過分すぎるほどじゃ」

「でございましょうや」

首を榊原越中守がかしげた。

榊原越中守は初代清政の孫にあたる。父照久から久能総門番は受けついだが、久能山東照宮祭主の役目は拒んだ。

「武をもって仕えるが榊原の家訓でござる。神職はご免いただきたい」

東照宮の神職は久能山にあり続けねばならず、江戸へ移ることができない。

幕府再三の慰撫《いぶ》にも、態度を変えなかった榊原越中守は、寛文四年（一六六四）神職を正式に外れ、久能総門番専任となった。

「神君家康さまのご記録、失われた駿府の項目は、この久能山にござる。失礼ながら、これなくして綱豊さまは、六代さまになられることはかないませぬ。失われたご記録を表に出すことのできる拙者は、いわば綱豊さま将軍ご就任の功第一等。百万石をちょうだいしてもおかしくはないと存じまする」

榊原越中守は、野心をあらわにした。

「百万石だと。思いあがるのもたいがいにいたせ。御三家筆頭の尾張さまでも六十一万石余なのだぞ。神君家康さまのお子さま方より、上になるつもりか」

あまりのことに内藤主膳が声を荒らげた。

「大きな声をお出しになられるな。外におる同心どもに聞こえますぞ」

落ちつけと榊原越中守が言った。

「百万石をくれと申しておるのではござらぬ。値打ちがあるというだけでござる。ただご記録の失われた部分がなければ、綱豊さまは、将軍に……」

わざと榊原越中守が語尾を濁した。

「きさま、殿を脅すつもりか」

「とんでもない。ただ、見合うだけの褒賞をとお願い申しているだけ」

内藤主膳の怒りを榊原越中守が流した。

「では、どうしろと言うのだ」

「綱豊さまより十万石のお墨付きをちょうだいいたしたい」

「新たなお墨付きが欲しいと」

「さよう。それが届けば、すぐにお渡ししましょう。では、お引き取りを願います る」

お墨付きを持ってくるまで会わぬと榊原越中守が内藤主膳を追い返した。

「十万石か」

一人になった榊原越中守がつぶやいた。

「金森のお陰で、儂にも出世の機会が来たわ」

榊原越中守が、ほくそ笑んだ。

「見られたときは、しまったと思ったが、うまく逆手にとれた。江戸へ戻る途中であったのもよかった」

駿府勤番を命じられた者は、赴任と離任の二回、久能山を訪れるのが慣例であった。久能山東照宮に参詣し、久能総門番である榊原家へ挨拶する。金森帯刀も、書院番士へ出世して江戸へ戻る挨拶のため、榊原越中守のもとへやって来た。

不意の来訪であった。数日雨が続いたあとの晴天というのも影響したのだろう。江戸へ下る道中の金森帯刀は、連絡もせずに東照宮へ参り、続いて榊原家へ足を運んだ。偶然、榊原越中守も晴れ間を利用して、お記録の写しを虫干ししていた。

いや、虫干しとは名ばかりであった。

徳川の重臣として代々執政を輩出して当然の榊原本家が、江戸を遠く離れた久能山で墓守に甘んじなければならない。祖父清政、父照久はまだよかった。天下を取った一代の英傑家康に仕えたことがあった。神となった家康の墓所を守ることに誇りをもてた。しかし、家康を知らない越中守照清は、話だけの英雄にすべてを尽くすことはできなかった。

大名たちが、久能山東照宮へ立ち寄っていく度に、榊原越中守は吾が身と比して嘆いていた。一つ違っていれば、ああやって大勢の家臣に囲まれ、東海道を参勤交代していたのは、己だったかも知れないのだ。綱豊と同じく、榊原越中守も恨みの人であった。

その恨みをはらす唯一のものが、失われた記録であった。榊原越中守は、おりあるごとに写しを取りだしては眺めていた。

そこへ金森帯刀がやって来たのだ。書付の内容を見て取った金森帯刀は、榊原越中守の目を盗んで持ちだした。

その内容に驚いた金森帯刀は、江戸へ帰って老中へ書付の写しのことを報らせた。これが身の破滅となった。

「奪われたのは写し。本物を預かっている儂に老中どもも手出しできなかった。内容を知った金森を始末して、口を拭った」

吾が身に責を負ってまで幕府を守ろうとする気概など、とうの昔に譜代大名から消えている。ことなかれを金科玉条とする老中たちの取る手立てを予想することは容易であった。

「数枚の紙切れが、幕府を揺るがし、儂を大名にしてくれるか」

榊原越中守が笑った。

東海道をのぼる暁一行を信蔵は襲いかねていた。

「隙がない」

信蔵は平太郎の腕に感嘆していた。

武術でいうところの隙と、忍のいうものは少し違っていた。剣の隙は、闘いにおける生死を分ける機のことである。対して忍の隙は、日常のなかでかならず生まれる気の弛《ゆる》みのことであった。息を吸い、吐く。この動作のなかにも隙は生まれる。

「間合いを詰められぬ」

忍は、相手の隙を縫って近づく。信蔵が一定の間合いに踏みこんだ瞬間、平太郎の気配は変わる。意識しないで出すだけに殺気ではない。しかし、信蔵の本能を震えさせる威力があった。

「気をそらせるしかないか」

信蔵は機会を待った。

「なかなか手出しをいたしませぬな」

そんな信蔵を遠くから十四の目が見つめていた。

「肚ができておらぬのでござろう」

百姓姿に身をやつした伊賀者であった。

「うかつな動きは、ことを失敗させる。なにより、甲斐忍は一人。我ら伊賀のように後詰《ごづ》めを持たぬ忍にとって、臆病は強さである」

きびしく服部三左がたしなめた。

「じっと耐え忍び、刹那の隙をつく。一人働きの忍の極意だ。あやつはそれができている。なめてかかれば、手痛い思いをすることになるぞ」

「はっ」

配下たちが首肯した。

「いかがいたしましょう。このままようすを見まするか」

「いや、箱根で勝負をかけさせる。他人目《ひとめ》のないところで、甲斐忍を囲み伊賀陣に閉じこめる」

多すぎる人数を出したのは、そのためであった。

三人ずつの二重囲い、六人をもって完成する伊賀陣は、忍といえども逃げだすことは容易ではなかった。

「とらえたところで意味はないのだが」

忍の口を割ることの難しさを、服部三左は知っている。大久保加賀守の命は意味のないものであったが、忍の哀しさ、意見をすることは許されなかった。

「忍が証しになるものか」

雇い主が、忍を弊履《へいり》のように捨て去ることもわかっていた。

「綱豊さまがお使いの甲斐忍を捕らえました。どういたしましょうぞ」

大久保加賀守がそう咎めたところで、なんのことだ、かかわりなどない、言いがかりをつけないでくれと、綱豊にかわされるのが落ちであった。

外様大名ならば、そこからいくらでも難癖を付けて潰すなり、石高を減らすなりできるが、将軍の甥相手には無理だった。

「では、なんのために」

「なにをたくらんでいるのか、知っているぞとの意思表示のためだ。甲斐忍は、おそらく甲府徳川家最強の駒。それを潰したとなれば、綱豊さまもおとなしくされるしかあるまい」

服部三左が、配下の疑問に答えた。

「よし、追うぞ。弥太《やた》、冬次《とうじ》、おまえたちは箱根の山へ先回りしろ。場所を探しておけ」

「承知」

二人の配下が風のように消えた。

「平太郎」

歩きながら暁は、声をかけた。

「なんだ。足でも痛くなったか」

日ごろ雪駄しか履くことのない旗本に、草鞋での長旅はきつい。鼻緒がすれる親指と人差し指の間の皮が剝《む》けるなどあたりまえ、足の裏の豆を破いて、歩けなくなることもあった。

「いや、大丈夫だ。鼻緒には手ぬぐいを巻いてあるからな」

暁は首を振った。

「じつは、駿府まで行かぬ」

「なにっ」

平太郎が驚愕した。

「ことの始まりの駿府へ向かうのではなかったのか」

「駿府ではない。師の話を聞いたことで気づいた。おそらく金森帯刀が読んだものこそ失われた家康さまのお記録。では、失われた部分が保管されるに、どこがふさわしいかを考えてみれば、久能山東照宮ほど適したところはあるまい」

足を進めながらの会話は、他人に聞かれることがない。

家康の死後、その対応を考えれば、あわてて隠さねばならぬものがあったとしか思えなかった。それも江戸からの検死が来る前にである。

「家康さまのご遺体を失った久能山に、なぜ総門番という役職が必要なのだ。墓地に警備が必要というならば、寛永寺や増上寺にもいなければならぬ」

「ふうむ。久能総門番は、家康さまの遺品を守っていると」

「ああ。ならば久能総門番である榊原越中守が、神職を辞したのもわかる。家康さまの遺体が日光へ行った。祀《まつ》るべきものをなくした久能山は神域ではなくなった。しかし、守らねばならぬものは残された。なればこそ、榊原越中守は総門番専任となった」

「ありうるな」

平太郎がうなずいた。

「久能山へ行くのだな」

「ああ。そして榊原越中守に会う」

しっかりと暁は告げた。

「暁、おぬし失われたお記録になにが書かれているのか、わかっているのだな」

「……わかってはいない。ただ、家光さまのご出生にかかわることだろうとだけは推測している」

「家光さまのご出生だと。どういうことだ。まさか、家光さまが二代将軍秀忠さまのお子さまではないなどという気ではないだろうな」

「平太郎。ここまできて教えぬわけにもいくまい」

暁は平太郎を見つめた。

「証はない。証は。しかし、あらゆることを考えてみればそうなるのだ」

大きく暁は息を吸った。

「家光さまは、慶長九年（一六〇四）七月のお生まれだ。となれば、失礼なことながら、御種が宿られたのは、前年の九月ごろでなければならぬ」

「十月十日《とつきとおか》であったかの。女《おなご》の身ごもりは」

「これは、拙者も知らぬことであったが、医師に聞けば、女は乳を与えている間孕《はら》まぬのだそうだ」

「ほう」

「そしてお江与の方さまは、慶長七年七月に初姫さまをご出産なされている。その初姫さまには乳母がついていない」

「お江与の方さまが、お乳をあげておられたと」

「うむ。お乳をあげなくなって半年ほど、女は月のさわりを見ぬと言う」

「七月から半年……九月ごろに御種が入っておらねば翌年の七月には……」

「……もっともすべてがそうなるわけではない。人が子を産むというのは不思議なことゆえ、あてはまらぬことも多いと医師は申しておったが」

暁は、まっすぐ前を見つめた。

「あと慶長八年といえば、家康さまが将軍となられた年だ。大坂に豊臣はあり、外様大名も今よりはるかに強かった。秀忠さまも右近衛大将に任官されるなど、江戸と京を落ちつくまもなく往来されていた」

「のんびり子作りをする暇などないというわけか」

徳川が天下の主となるかどうかの瀬戸際である。真田家の上田城にこだわって関ヶ原に遅参した秀忠としては、失敗はもう許されなかった。それこそ気が休まる間もなかったはずであった。

「あとな……」

言いかけて暁は口ごもった。

「なんだ、中途半端はやめてくれ」

平太郎がうながした。

「たとえ話だ」

暁は語り始めた。

「平太郎、おぬしが妻を娶《めと》ったとする。そして妻以外に側室を一人置いた」

「二百俵では妻でさえ養いかねる。側室などありえんことだがな」

平太郎が苦笑した。

「側室が長男を産んだ。そのことに妻が悋気《りんき》した」

話を茶化そうとした平太郎を無視して暁は続けた。

「そこらに転がっている話だな」

「少し違うのは、悋気した妻が、長男を殺した」

「なんだと」

「落ちつけ、平太郎。まだ二歳にならぬ長男を、妻が殺した。そのとき妻は娘を産んだばかりだった。己の娘に乳を含ませながら、妻は妾の子をむごたらしく殺した。おぬしは、その妻を変わらずに抱けるか」

「できるものか」

怒鳴るように平太郎が言った。

「……お江与の方は、お静の方が産んだ長男長丸君を押さえつけ、全身に灸を据えて焼き殺した。それだけではない、殺した長丸君を秀忠さまに見せつけた」

「ぐえっ」

平太郎が吐き気を催した。

大きく平太郎の気が揺れた。

「……………」

好機を逃す者に忍はつとまらない。すっと信蔵は、話が聞けるところまで暁たちとの距離を詰めた。

旅商人姿の信蔵は、なにもなかったかのように歩き続けた。

「だが、これでも家光さまが秀忠さまのお子でないという証拠にはならぬ。ただ、そうではないかと思えるだけなのだ。すべて拙者の推測でしかないのだからな」

暁は平太郎に念を押した。

「言葉にならぬわ」

平太郎が首を振った。

衝撃を受けた平太郎は、信蔵の接近に気づかなかった。

一度間合いに入ってしまえば、殺気などを漏らさぬかぎり見つけられることはなかった。信蔵はなにげない風で暁の会話に聞き耳をたてた。

「まだたどり着いてはおらぬようだが、まずいな」

信蔵が、冷たくつぶやいた。

「遣い手は一人だけか。目標の目付は、刀が重いと嘆くほどひどくはなさそうだが、まずまともに抜いたこともあるまい」

歩幅と調子を合わせながら、信蔵はあとをつけた。

「毒を塗るか」

信蔵が懐を確かめた。

甲斐忍が用いるのは、ぶすの毒である。鳥兜《とりかぶと》という植物の根を煎《せん》じてつくり出した毒は、傷から入るだけで心臓の動きを止める。医者が側にいたところで、助けようのない必殺の毒であった。

「なれど、二人同時は難しい」

平太郎を先に倒すのが最善である。だが、手裏剣をかわすなり、払い落とすなりされてしまえば、ことは失敗である。一撃でしとめなければ、目標である暁を逃がす間を与えてしまう。

「かといって、目付を先に狙えば、こちらの命がない」

暁を葬り去るのは、平太郎を殺すよりも楽であった。

しかし、暁を倒せば、平太郎の反撃を受けなければならなかった。守るべき相手を失った剣士の反撃を信蔵は怖れた。

忍は生きて帰って初めて価値がある。相手を倒しそのまま己も死していいならば、忍を使う必要はない。死兵を用いるだけですんだ。

幼きときから特別な修行を積んだ忍は貴重である。生みだすのにかなりの手間とときがかかる。しかし、死兵は違った。命を賭けての忠義を捧げてくれるだけでよかった。武術の心得がなくとも、己の命を顧みない死兵は十分脅威であった。

首を飛ばすか心臓を止めない限り、死兵は襲い続けてくる。

大坂夏の陣で家康の本陣まで食いこんだ真田は死兵であった。何十倍の兵をものともせず、突き進む真田を支えきれず、徳川の本陣はあわや家康が討たれる寸前まで押しこまれた。なんとか防げたのは、家康の側にいた侍たちも死兵と化したからだ。家康を殺されては近習たちは生きられない。死兵となった家康の近習がかろうじて真田を止めた。

生死についての考えが、死兵と忍では正反対であった。

「地の利を……」

襲撃に適した場所を探すため、信蔵が、足を早めた。

「……」

背後にあった足音の変化に平太郎が反応した。さりげなく暁をかばえる位置に平太郎は移った。

「ごめんくださいませ」

小腰をかがめて信蔵は、暁たち一行を抜いた。

旅の商人は一カ所でも泊まりを少なくし、金を浮かすために急ぐ。江戸を出てから、暁たちは何人もの商人に追い抜かれていた。

「どうかしたか」

平太郎が足を止めていた。

「いや……」

周囲を平太郎が見ていた。

「気のせいか。行こう」

平太郎が暁をうながした。

「たわけ」

街道沿いの水田に鍬を打っていた服部三左が、配下の一人を叱った。

「申しわけございませぬ」

叱られた配下が詫びた。

「始まるかと思い、つい」

「気づかれるところだったぞ。いや、甲斐忍にはばれたであろう」

服部三左の表情はきびしかった。

まだ若い配下は、信蔵と暁たちの間合いがなくなる瞬間、緊張のあまり気配を発してしまった。

敵を見張っている忍は、風景でなければならない。ときに松であり、岩であり、そこにいてしかるべき人なのだ。見張っている相手に興味があると見せてはいけなかった。

「江戸へ戻れ」

冷たく服部三左が命じた。

頭の言葉は絶対であった。

「はっ」

若い伊賀者は、その場から踵を返した。

「手が足りなくなりませぬか」

中年の伊賀者が訊いた。伊賀の陣には六人が必要であった。一人を帰した今、陣を張るには服部三左を加えてぎりぎりであった。

「かまわぬ。行くぞ」

伊賀者たちはふたたび暁たちを追った。

三

東海道最大の難所は箱根であった。

小田原から三島までの八里（約三十二キロメートル）ほどだが、登りは胸が膝につくほどつらく、下りは転がり落ちそうなほどきつかった。

「無理をするな」

小田原を早立ちした暁たちは箱根最大の難所七曲がりにかかっていた。

「う、うむ」

すでに暁の息はあがっていた。

「書物ばかり相手にしておるからだ。江戸に帰ったら、少し鍛えなおしてやろう」

「止《や》めてくれ。いまさら剣など持つ気もない」

暁は首を振った。太刀は人を殺す道具であり、剣術はそのための技でしかない。侍の家に生まれたのだ、剣の持ち方くらいは知らねばならぬが、それ以上のことを身につける気などなかった。

「……そうか」

平太郎が嘆息した。

「山駕籠《やまかご》にのれ」

「いや、大丈夫だ」

強がって暁は断った。

「おぬしが大丈夫でもこちらが困るのだ。おぬしの歩調にあわせていては、拍子が狂う。こちらのことも考えろ」

はっきり平太郎が、迷惑だと言った。

山駕籠とは、箱根の山道に難儀している女や老人を関所まで運ぶ駕籠のことだ。当然、普通の駕籠よりも割高であった。

「ちょうどよい、駕籠が降りてきた」

山駕籠は前棒と後棒の負担を均一にするため、横にして担ぐ。箱根の山道を幅一杯に使う山駕籠は遠目にもすぐに見つけることができた。

「お乗りになりやせんか」

駕籠かきが声をかけた。

「頼もう」

庄蔵が答えた。

「へい。関所までよろしゅうござんすか」

駕籠かきが告げた。

山駕籠にも縄張りがあった。小田原宿の山駕籠は関所の手前まで、その向こうは三島宿の縄張りとなる。貴人と病人以外、関所を駕籠でこえることは許されていなかった。

「いくらだ」

「四百文お願《ね》げえしやす」

駕籠かきが手を出した。人足の日当が二百文ほどでしかないのに比べ、法外といっていい値段だった。苦い顔をしながら庄蔵が支払った。

「どうぞ、おのりやして」

山駕籠は草鞋を履いたままでのる。暁は怖々のりこんだ。

「なかにある紐をしっかり握っていろ。腰を落として座るなよ。少し浮かせたようにしておかないと、駕籠の揺れに巻きこまれて気分が悪くなるぞ」

「ああ」

駕籠にのるのが初めての暁は、平太郎の助言にうなずいた。

「いきやすぜ。おい、相方」

「おうよ」

駕籠が持ちあがった。

「垂れをおろしてくれ」

「よろしいんでやすか。垂れをおろすと蒸し暑くなりやすぜ」

平太郎の言葉に駕籠かきが確認した。

「かまわぬ。暁、耐えろ」

「わかった」

旅慣れた平太郎の命に、暁はうなずくしかなかった。

「まずいな」

七曲がりの終わりで待ち伏せていた信蔵がつぶやいた。垂れをおろされては、八方手裏剣が使えなかった。なかが見えなくなるだけではなく、薄い筵《むしろ》とはいえ、手裏剣の勢いを減衰するには十分なのだ。

「関所をこえたところで狙うか」

信蔵が、急いだ。

崖の上から服部三左が見おろしていた。

「うまくやったな」

駕籠かきは先行した伊賀者二人であった。

伊賀者はわざと暁を駕籠にのせることで守った。暁を助けるためではなかった。都合のよいところで襲わせるためである。

関所が開《あ》いているのは、明け六つ（午前六時ごろ）から暮れ六つ（午後六時ごろ）と決まっている。関所を通る旅人たちは、箱根の山のなかで日が暮れることを嫌い、昼前には抜けてしまう。

旅慣れていない暁の足が遅いこともあって、箱根の山道に人影は少なくなってきている。今はまだ三島から小田原へ向かう暁たちとすれ違う形になる旅人がいるが、それも関所をこえるまでであった。

三島への下りでは、ほとんど人通りはなくなる。

服部三左は、伊賀者が罠を張った場所へ信蔵を誘いこみ、襲撃のため暁に集中した隙を見て捕らえようと考えたのである。

戦国のころ、伊賀忍は一人働きを得手としていた。一応伊賀の地侍といわれた服部や百地《ももち》などを上忍とし、その下に中忍、下忍という形はとっていたが、組んで戦うことはほとんどなかった。それが織田信長による伊賀攻めでの敗退につながった。一人一人は優れていても、連携がとれなければ、戦には勝てない。

伊賀者の弱点を見抜いていた家康は、同心として抱えた後、伊賀組を創設、連携をとって戦うことを命じたのである。

こうして伊賀者のやり方は大きく変化した。

箱根の関所は小田原藩の預かりであった。

関所はすべての旅人を調べるが、幕府の公用旅と大名行列、勅使下向《ちよくしげこう》は別格扱いであった。

「目付鷹垣隼人正、御用にて駿府へ参る」

山駕籠を関所入り口で降りた暁は、お調べを待つ庶民たちを追い抜いて通過した。

「下りは大丈夫だ」

関所の出口で客待ちをしていた山駕籠を、暁は利用しなかった。

「登りより下りがきついのだぞ」

旅慣れている平太郎が忠告するのを、下りまで駕籠では目付の威厳にかかわると暁は押しきった。

関所を出てしばらくは芦ノ湖を右手にした松並木であるが、少し進めば、小田原からの登りに匹敵する急坂となった。

「くっ」

道中奉行の手によって、街道筋は整えられているとはいえ、毎日手が入るわけではない。崩れてきた岩や、雨で流された土など、歩く邪魔になるものがいくつもあった。

暁は足下に注意を奪われ、周囲に気を配る余裕を失った。

箱根の関所周囲には、無断で抜けていく者を防ぐため、いろいろな防備がされていた。伐採を禁じられた竹林は、茂り放題に茂り、人の通行を許さない。また要所に配置された番人が目を光らせていることもあって、関所抜けはまず不可能であった。

しかし、それは普通の旅人のことであって、忍にとって茂った竹林は跳びながら移動する助けであり、番人の目などないも同然であった。

信蔵は、杉並木の途切れた箱根峠で、暁を待ち伏せしていた。

襲撃をおこなう場所というのは、前後の見通しが悪く、左右の道幅も狭いところが適していた。となれば、おのずと場所は定まってくる。

信蔵の選んだところは、伊賀忍者が罠をはったところであった。

「……」

峠にそびえる松の枝に潜みながら、信蔵は気配を探っていた。

信蔵は伊賀者がついて来ていることを、悟っていた。しかし、わかっているからといって見つけられないのが、忍である。気配を断った忍は、山に棲む獣でさえ気づかないのだ。己も気配を殺しながら、信蔵は目と耳を勢一杯研ぎすましていた。

「無理するな。ゆっくりでいい。あとは下りの一本道だ。日が暮れたところで、迷いようもない」

先に立った平太郎が、暁を励ましながらやって来た。

名人上手といわれる剣術遣いでも忍の接近を知るのは難しい。

信蔵は積もった雪が落ちるように、平太郎の頭上を襲った。

暁が最初に気づいた。足下ばかり見ていて、首が痛くなった暁は、背筋を伸ばそうと顔を上げて、落ちてくる信蔵を見つけた。

「平太郎」

暁の声を聞いた平太郎は、見上げて確認する愚をおかさなかった。平太郎は、前に転がってその場を離れた。

「……」

外れたと知った信蔵が、目標を平太郎から暁へ変えた。懐から毒を塗った八方手裏剣を取り出して投げた。

暁は信蔵の行動を予測していた。平太郎に警告を発した後、己から右へ身体を投げ出した。

「くっ」

八方手裏剣は、暁の頭があったところをむなしく過ぎた。

「……」

倒れた暁へ、追撃を撃とうとした信蔵の背中へ、平太郎が脇差を投げた。後ろを見ることなく、信蔵がかわした。

もともと崩れた体勢を整えるまでの間《ま》かせぎでしかない。平太郎は脇差の行方も見ず、間合いを詰めた。

居合いの疾さは、忍さえも制する。

平太郎は、信蔵まで二間（約三・六メートル）となったところで、腰を落とした。

「おうやあ」

気迫の充実を待っているわけにはいかないと、平太郎が抜き撃った。

「…………」

大きく後ろへ跳んで信蔵がかわした。

「逃がすか」

撃った太刀に引っ張られるように平太郎が追った。

「やあ」

一度抜いてしまえば、居合いも剣術もかわるところはない。平太郎は切っ先を回して、太刀を引き戻すように薙いだ。

なんなく信蔵が避けた。

居合いは鞘内で勝負を決する。それは勝つために十分な準備をおこなうからである。暁を助けるため、無理な状況から始めた戦いに、必勝の力はなかった。

「ふっ」

息を抜くような気合いで、信蔵が手裏剣を放った。

「おう」

平太郎がはじいた。高い音を立てて手裏剣があさっての方向へ飛んだ。

「ふっ、ふっ」

続けざまに信蔵が手裏剣を撃ってくるのを、平太郎はすべてたたき落とした。

「りゃあ」

大きく踏みこんで平太郎が、下段から斬りあげた。

「平太郎……」

転んだ姿勢のまま、暁はつぶやいた。目の前でおこなわれている命のやりとりに心を奪われていた。一瞬で勝負のついた背の高い浪人者との戦いとは、まったく違った激しい動きに、暁はのまれていた。

刀は抜くな、人を傷つけるなと子供のときから教えこまれる。いっぽうで、侍の素養として剣術は習わねばならない。心の修行などといったところで、剣術は人殺しの技である。その矛盾に気づいたとき、暁は剣術を放棄した。

しかし、人を傷つけ、殺すために学ぶはずの剣術が、暁の命を救っている。暁の決意が揺らいでいた。

命のやりとりはすさまじい。一瞬の油断も許されない。戦う二人からあふれる殺気を感じた暁は、おもわず太刀を抜いていていた。

地面に腰をついたまま、暁は太刀を構えた。

「きえええ」

平太郎が太刀を振り下ろした。

「………」

無言で一歩左へ動いて信蔵がかわした。

「急がねえと、日暮れまでに三島へつけねえぞ」

峠の向こうから旅人の声が聞こえた。

一瞬、平太郎の気がそれた。

信蔵が大きく前に出て、平太郎めがけて忍刀を突き出した。

「つっ」

首をそらして平太郎が避けた。平太郎の重心が後ろへずれた。

腕のいい忍は、引きどきを知っている。一度で仕留められなければ、二度、三度、命じられた仕事を果たすまで、繰り返す。いさぎよさも忍の真骨頂であった。

信蔵が跳ねた。落ちてきた松の木の枝へとりついた。

「ちっ、逃げるか」

平太郎があとを追った瞬間、信蔵は暁へ手裏剣を投げた。

「しまった。暁」

太刀で払うには遠すぎた。平太郎がほぞをかんだ。

手裏剣はわずかに弧を描きながら、暁の首を襲った。

「えっ」

暁は手裏剣を認識していなかった。ただ、なにかが来たとだけわかった。

直線で勢いのある棒手裏剣ならば、暁を殺せたかもしれなかった。八方手裏剣は回転しながら飛ぶぶん、わずかに速度が遅かった。

飛んできた蚊を払うかのように、暁は考えず反応した。立てていた太刀を横に払った。刀身が手裏剣を防いだ。

「うわっ」

太刀に伝わった手応えに暁は声をあげた。

「………」

手裏剣の成果を確認もせず、信蔵が峠へ向かって逃げた。

「逃がしたか」

平太郎が信蔵の消えたほうをにらんだ。

「どうなったのだ」

暁は呆然としていた。

「これは……」

地面に刺さっている手裏剣へ、暁は手を伸ばした。

「さわるな」

大声で平太郎が怒鳴った。

「毒が塗られている。よく見ろ、刃の先が青くぬれているだろう」

「……毒」

あわてて暁は手を引いた。毒を塗った手裏剣を使う。そこにあるのは明確な殺意であった。

「相手もあせっているのだ」

刃に触らぬよう手裏剣を持ちあげて、平太郎は谷底へ捨てた。

「お怪我でもなさったんでござんすか」

角を曲がった旅人たちが、腰を抜かしている暁に驚いた。

「いや、だいじない。往来の邪魔をした」

気遣う旅人に、平太郎が首を振った。

「急ぐぞ」

平太郎に手を引かれて、暁はなんとか立ち上がった。

逃げ出した信蔵は、囲まれていた。

峠の奥へ逃げたと見せかけ、関所のほうへ舞い戻っていた信蔵は、街道の松並木の上で、動きを止められた。

「あきらめろ。伊賀の陣に捕らわれたおまえは、もう逃げ出すことはできぬ」

服部三左が、告げた。

忍の発声は独特であった。節を抜いた竹に小さな穴を開けた道具を用い、聞かせたい相手だけへ届かせた。

「……………」

信蔵の目が激しく左右を見た。

伊賀者の姿はあたりに溶け、見つけられなかったが、気配は信蔵を包んでいた。

「無駄死にする気か」

忍にとって、無駄死にという言葉ほど屈辱を与えるものはなかった。

「我らに降《くだ》れ。悪いようにはせぬ。どうだ、伊賀組に入らぬか」

服部三左が、誘った。

忍にとって裏切りは悪ではなかった。生き抜くためならば、主を売っても気にしない。己の命以上にたいせつなものをもたぬのが忍である。それが忠義をなによりとし、吾が命より主君をたいせつにする武士道と相いれず、忍の地位の低い原因であった。

信蔵が両手をだらりと下げた。

「よかろう。そのまま下へ降りてもらおうか」

降伏の意思を見せた信蔵へ、服部三左が命じた。

すでに日は傾き、街道に人影はなくなっていた。

松の木を下りかけた信蔵が不意に跳ねた。

「馬鹿め。逃げられるか」

忍の降伏など信用できない。服部三左は油断していなかった。

「陣を狭めよ。殺すな」

配下に命じながら服部三左が迫った。

四方から棒手裏剣が信蔵目がけて飛来した。

棒手裏剣の威力はすさまじいが、急所に当たらない限り致命傷となることはない。

「……………」

かわしきれなかった数本を手足に突き立てたまま、信蔵が関所へ向かって走った。

閉門してからも関所には人がいた。

関所番頭以下、同心や小者まで、当番の者は関所内の組屋敷で寝起きする。なにより関所は、伊賀組の主といえる老中大久保加賀守の小田原藩預かりである。そこでもめごとをおこすわけにはいかない。

関所のなかへ逃げられてしまえば、ややこしいことになった。

手足の傷が信蔵から疾さを奪っていた。

服部三左は、先回りして信蔵の前に立ちふさがった。

「抵抗するな。殺されたいか」

信蔵はふたたび囲まれた。

「はっ」

初めて信蔵が気合いを発した。

一瞬伊賀者たちが反撃を予想して、身構えた。その隙に信蔵は大きく左に身体を投げ出した。

「させぬ」

すばやく服部三左が忍刀を振るった。たった一人の甲斐忍に翻弄されたとあっては、伊賀者の名折れである。殺してしまった言いわけはできても、逃げられましたはとおらなかった。

「……つっ」

服部三左の一刀を信蔵が左手で受けた。信蔵の左手が肘から落ちた。

「やるっ」

逃げ道を作るため、わざと左手を犠牲にしたと服部三左が気づいたときには遅かった。信蔵が芦ノ湖へ飛びこんだ。

「馬鹿か。あの怪我で水に入るなど……」

伊賀者の一人がつぶやいた。

「逃がしたことには違いない。死体を確認するまで終わってはいない。二人、目付を追え。残りは、甲斐忍の捜索をせい」

水面をにらみながら、服部三左が命じた。

四

三島に着いた暁は、己の手が震えていることに気づいた。

「生き死にのやりとりに驚いただけだ。すぐにおさまる」

平太郎がなぐさめた。

「拙者のやっていることは、これほどのことだったのか」

暁はあらためて目付の任の重さに気づいた。

「人にとって暴かれたくないことはある。それが幕府ともなれば、どれほどのものになるか、わかっていたはずだ」

冷たく口調を変えて、平太郎が叱った。

「どうする。江戸へ帰るか。今なら、まだ間に合うぞ。目付を辞して、屋敷に籠もっていれば、命長らえることができるだろう」

平太郎が訊いた。

「できようはずもない」

将軍綱吉に願って駿府行きを許してもらったのだ。逃げ帰ったうえ目付を辞したとなれば、二度と役目につくことはもちろん、旗本として存続していくことも難しかった。役に立つと思えばこそ、綱吉は暁を抜擢《ばってき》したのだ。綱吉が好き嫌いの激しい人物であることは知られている。不要となった暁が、どんな扱いを受けることになるか、考えるまでもなかった。

「ならば肚をくくれ」

覚悟をあらたにしろと平太郎が述べた。

「他人ではなく、己の死を見つめたのだ。心が揺らぐのは当然だ。だが、監察という任を果たそうとすればするほど、敵は増えることになる。今回の始末がついても、暁が狙われることには変わりない。そこをわかったうえで返答しろ。暁、どうする」

「……行く」

暁は答えた。


三島、由比と経由した暁たちは、江戸を出て五日目の昼、久能山東照宮へ着いた。すでに日限は過ぎていたが、いまさらどうしようもなかった。

「目付鷹垣隼人正である。役儀によって榊原越中守どのと面談いたしたい」

東照宮へ参ることなく、暁は久能山の麓《ふもと》にある榊原の屋敷を訪れた。

一方、平太郎は東照宮へと向かった。


「お目付どのが、なにか」

格も禄高も榊原越中守が上である。鷹垣を小半刻ほど座敷に待たせておいて、ようやく榊原越中守が姿を現した。

「神君家康さまのご墓所をお守りしているこの越中守、目付どのにどうこう言われる筋はないが」

榊原越中守が、家康の名前を盾にうそぶいた。

「書院番金森帯刀の一件につき、上様のお許しを得て調べておる」

暁は、上座を譲れと言った。

「上様の……」

綱吉の名前を出されては、榊原越中守も引くしかなかった。

「金森帯刀どのが手にしたものを、存じておろう」

口調を変えて、暁は問うた。

「はて、あいにく金森帯刀どのも存じあげておらぬのに、手にしたものと言われても、答えようがございませぬ」

榊原越中守が否定した。

家康の失われた記録こそ、榊原越中守の命《いのち》であった。

「知らぬと」

暁は、確認した。

旗本の旅は制限されていた。久能山へ来る旗本の数は、年に数十名ほどである。

「暁。持ってきたぞ」

はかっていたかのように平太郎が手に奉名帳をもって顔を出した。奉名帳とは久能山東照宮へ参詣した者が名を記すものである。

「なにやつだ。許しもなく吾が屋敷へ入りこむなど」

榊原越中守が怒鳴りつけた。

「黙れ。越中守。役儀中である。鎮まれ」

暁が叱りつけた。

「ここだ、暁」

奉名帳を開いて平太郎が差しだした。

「金森帯刀の名前がある。どういうことぞ、越中守」

「知らぬ」

「心を据えて返答いたせ」

きびしく暁は告げた。

「殿。火急の用と申されて、内藤主膳と仰せられるお方がお見えでございまする」

そこへ遠慮がちに榊原家の用人が顔を出した。

「なにっ。内藤どのがか」

聞いた榊原越中守が、喜色を浮かべた。

「馬をとばせばそろそろかと思っておったが、そうか」

榊原越中守が腰をあげた。

「待て、まだ詮議は終わっておらぬ」

「うるさい。もう目付ごときに指図される身分ではないわ。儂をどうにかしたければ大目付を呼んでこい」

暁の制止を無視して、榊原越中守が玄関へと出ていった。

「なんだ、あの態度は」

平太郎が啞然《あぜん》とした。

旗本は目付の指示に従わねばならなかった。言うことをきかないときは、目付はその場で罰を与えられる。

「抑えつけられぬのか」

「指示に従わないていどでは、登城停止くらいしかできぬ」

力無く暁は首を振った。

目見え以上の旗本へ謹慎や閉門などの罰を与えるには、評定所の裁決が必要であった。

「久能総門番に登城停止など命じたところで、意味もないな」

「とにかく、このまま捨てておくわけにはいかぬ」

暁は立ちあがった。

玄関に榊原越中守の姿はなかった。

「どこへ参った」

用人に平太郎が質問した。

「お客さまとそのお供の方、あわせて三人で、東照宮さまへ」

用人が指で示した。

「行くぞ、平太郎」

暁は急いで後を追った。

久能山東照宮は、駿河湾を見おろす小高い山の上にある。麓から延々と続く石段を、暁は必死に登った。石段は大きく三度曲がっていて、榊原越中守と内藤の姿は、見えなかった。

「少しは身体を鍛えねば、な、ならぬな」

「そうしろ」

息を乱すことなく、平太郎が述べた。

「どこだ」

ようやく最後の石段を踏んで、暁はあたりを探した。

楼門をこえると拝殿までまっすぐの参道である。いれば見つけられるはずであった。

「いたぞ、拝殿を右へ曲がった」

平太郎が見つけた。

「おう」

震える膝をなだめすかして、暁は走った。

拝殿の裏手、朱塗りの廟門《びょうもん》を抜け、うっそうとした木々に囲まれた廟《びょう》参道の突きあたりに、家康の廟はあった。

二人は廟に取りついていた。

「なにをしている。不敬は許さぬぞ」

榊原越中守の手は、廟の錠にかかっていた。

「錆びついている。鍵が回らぬ」

焦りの声を榊原越中守があげた。

「伊崎、しばし止めよ」

「承知」

内藤主膳の命を受けた供侍が振り向いて太刀を抜いた。

「神君家康さまの廟を侵すは、大罪ぞ」

止めようと駆けだした暁を、平太郎が止めた。

「おまえの勝てる相手じゃない」

平太郎が前に出た。

伊崎は、廟へいたる最後の石段、十段ほどをあがったところに陣取っていた。廟の周囲には、垣根が設けられ、石段を通る以外出入りできなかった。

「こちらを幕府目付と知ってのうえだな」

柄《つか》に右手をかけながら、平太郎が訊いた。

「……………」

無言で伊崎が、切っ先を平太郎に模した。

高低の闘いは、下が有利とされている。上からの一撃が届かなくとも、下からの一刀は相手の足に届く。しかし、十段ほどしかない石段では、定跡はあてにできなかった。

平太郎がじりじりと間合いを詰めていった。

「はずれた」

榊原越中守が錠をようやく解いた。

「あとは扉を……」

力一杯榊原越中守と内藤主膳が扉を引いた。

家康の廟は、石で造られていた。扉は一枚岩をはめこんだもので、かなり重い。

「ううむ」

二人が顔を真っ赤にして扉を開こうとしていた。

擦るような音が暁の耳に聞こえた。

「いかん、開けるな」

暁は叫んだ。しかし、目の前で命のやりとりがおこなわれていては、なにもできない。

「居合いか」

二間（約三・六メートル）に近づいても抜かない平太郎に、伊崎が話しかけた。

「…………」

無言で平太郎は間合いをゆっくりと詰めた。

「あ、あと少し」

「うむ」

わずかずつ扉が引き出されてきた。

うっそうとした森のなかで、二人の伊賀者がじっと見ていた。

「なかのものを越中守が取りだしたところでな」

「承知」

伊賀者の手には手裏剣が握られていた。

「見た者は殺せとの命ぞ」

「うむ」

手裏剣の間合いまで、伊賀者も詰めた。

「開いた」

榊原越中守が、歓声をあげた。

一瞬皆の注意が廟へ向いた。

「おうりゃあ」

平太郎が動いた。

「なんの」

下から斬りあげてきた一刀を、伊崎が跳んでかわした。そのまま空中で太刀を振るった。

平太郎が受けた。甲高い音と火花が散って、太刀が嚙みあった。

石段から飛び下りた伊崎が、地を蹴って平太郎を追撃した。

「おうよ」

後ろ向きに平太郎が太刀を振った。ふたたび太刀同士がぶつかった。

「くっ」

伊崎が一歩下がって間合いを空けた。

「越中守どの、なかを」

「わかっておる」

扉を押しやった榊原越中守が、廟のなかへ身体を入れた。

「あった」

榊原越中守が小さな漆の箱を取りだした。

「早く、開けてくだされ」

内藤がせかした。

「ならぬ」

暁は我慢できず、廟へと走った。

「おうりゃあ」

つられたのは伊崎だった。暁の動きを牽制《けんせい》すべく太刀を伸ばした。

「馬鹿が」

平太郎が大きく踏みこんで、上段からの一閃を放った。大きく体勢が崩れた。

「つっう」

あわてて太刀を戻そうとした伊崎だったが、間に合わなかった。平太郎の一撃は、伊崎の首根をはねた。

笛のような音をあげて、伊崎の首から血が噴き上げた。

「頭に血が上った暁の動きをわかっていた俺に一利あったな」

伊崎の死を確認して、平太郎も廟へ足を進めた。

暁がたどり着く前に、榊原越中守が箱を開けていた。

「……ない」

箱を覗いた榊原越中守が、唖然とした。

「なんだと」

内藤主膳も驚愕の声をあげた。

手裏剣を投げかけていた伊賀者の手が止まった。

「越中守どの」

責めるような口調で、内藤主膳が榊原越中守を見た。

「ここにあるはず。父から、榊原家の宝は、廟のなかに……」

這うようにして榊原越中守が、ふたたび廟のなかへ入った。

「ない、ない、ない。なにもない」

榊原越中守が腰を落として呆然とした。

「どういうことだ、越中守」

敬意を捨てて内藤主膳が迫った。

「写し、写しだけしか、榊原家には伝わっていなかったのか。本物は、本物はここにない……」

「誰が持ちだしたのだ、誰が」

内藤主膳が榊原越中守を揺さぶった。

「天海大僧正さまだ」

暁は林鳳岡に見せられた家康の移葬の項を思いだしていた。

「……天海大僧正……。坊主めえ。吾が先祖大内記へ家康さまが遺してくださった詫び証文を……」

「詫び証文……」

呪うような榊原越中守の言葉に、暁は驚いた。

「三代将軍家光さまこそ、家康さまから続く直系の証。五代の座を、兄の家系を押しのけて弟が継いだ今なればこそ、生きてくるもの。あれさえあれば、榊原は大名に返り咲けたものを……」

「家光さまが直系……やはりそうか」

暁は思いあたった。

「推測があたっていたな。暁」

平太郎が訊いた。

「ああ。しかし、証拠となるものがここにはない」

暁は開け放たれた家康の廟へ目をやった。

「どこにある」

続けて平太郎が質問した。

「持ちだしたのが天海大僧正さま。となれば……」

「どこだああ」

狂気に彩られた目で榊原越中守が、暁へ近づいた。

「おぬしは行くことが許されぬ。総門番は久能に留《とど》まらねばならぬ。任地を離れれば、榊原家は潰される」

「どこだ、どこだあ」

暁の警告も榊原越中守には聞こえていなかった。

「江戸へ戻るぞ、平太郎」

榊原越中守を突き放して、暁は歩きだした。

「放っておいていいのか」

平太郎が並んだ。

「ああ。もう榊原越中守はなにもできぬ」

「わかったのだな。失われたお記録に書かれていたことが」

「……もし、拙者の考えた通りであったなら、上様は将軍を譲られねばならぬ、甲府徳川綱豊さまに」

「どういうことだ」

「家康さまは、家光さまを三代将軍とされることで、ゆがめられた徳川の嫡流をただした」

「ゆがめられた嫡流とはなんだ」

「確証なしに語るにはことが大きすぎる。将軍位をゆるがすほどのものだ」

平太郎の求めを暁は拒否した。

「暁、おまえの考えを証するものが……」

「うむ。それが家康さまの失われた記録」

ゆっくりと暁は首肯した。

「どこにある」

平太郎が、重い声で問うた。

「おそらく日光東照宮」

暁は断言した。

久能山に榊原越中守の慟哭《どうこく》が響いていた。

続く

あとがき

『目付鷹垣隼人正　裏禄㈠　神君の遺品』の第一巻を贈らせていただきます。

時代劇では、町の無頼を操り、権勢を利用して私腹を肥やす悪役になることの多い目付ですが、その実態はかなり違っていました。

目付は、戦国時代の軍目付《いくさめつけ》に端を発しています。

軍目付は、軍場《いくさば》における味方の振る舞いを見届けるのが役目でした。もちろん、軍目付の任は味方の手柄を確認するのが主たるものでした。戦後の褒賞に大きく影響する証人として、一目おかれる役目でしたが、また味方の卑怯未練な振る舞いにも目を光らせる怖ろしい存在でもありました。

その軍目付の恐怖を受け継いだのが、目付でした。

謹厳実直清廉潔白でなければ、他人を観察することなどできません。おまえだってやってるじゃないかと言われては、目付の権威がたもてないのです。ために目付たちは、異常なほど起居振る舞いはもとより、交際交友にも気を遣いました。

文中でも書きましたように、目付となった者は在任中いっさいのつきあいを断ったといいます。親類の婚礼は当然、実父の葬儀さえ参列しないのが慣例でした。

公明正大さも目付にとってたいせつなことです。記録によりますと、隠居した実父の過去を暴きたてて、切腹させた目付がいたといいます。

もっともここまでやるのは、異常だと思いますが。

ただ目付の権威は、武家に対してほぼ無限に等しい威力を持っていたのは確かなようです。

峻厳たる目付は、今の世ではなにになるのでしょう。

あえて比するならば、東京地方検察庁特捜部検事ではないでしょうか。

かつて「巨悪を眠らせない」と言われたのは東京地方検察庁検事総長を務められた伊藤栄樹《しげき》氏でした。事実元首相を逮捕するなど、正義の鉈を大きく振るわれました。

しかし残念なことに、昨今は巨悪こそよく寝ているようです。何億というお金を違法に集めた投資顧問や、振り込め詐欺の実行犯は捕まっても、その裏にいる人物まで捜査の手が及ぶことは、あまり見られません。

検察庁の気迫が薄くなったわけでは決してないと思います。かつての目付もそうですが、検察官も現在施行されている法律の枠内でなければ動けないことが、原因ではないかと考えます。それだけ昨今の巨悪は法の隙を熟知しているのです。

かといって法の番人たる検察官が、違法行為を犯すことは許されません。人権が重視される社会で、他人を拘束する権限を持つ検察官の方々は、深い悩みを引きずりながら、精一杯努力してくださっています。それを重々わかっていながらも、歯がゆい思いを禁じられないのは、わたしだけでしょうか。

テレビや時代小説で、すべての法を凌駕した存在のヒーローが活躍するのは、権力を持たないわたしたち庶民のはかない願いなのかもしれません。

前作「勘定吟味役異聞」は、お金のあるところに事件の発端がありました。今回は、少し規模を大きくして、武家にかかわるすべてを取り扱う目付を主人公にしました。

第一巻『神君の遺品』は、わたしがずっと興味を持っていた歴史上の謎に挑戦いたしました。

明日があるかどうかさえさだかでない戦国時代、力不足であった武将たちは、より大きな存在に頼るしか生きていけませんでした。

己と仕えてくれる家臣を守るために、いろいろなものを犠牲にせざるを得なかった。後に天下人となった徳川家康も、幾度となく涙をのんだことでしょう。

しかし、だからといってすべてをあきらめ、我慢し続けていたとは思えません。圧せられても人の想いというのは、なかなかつぶれはしないからです。

家康がひそかに抱えていた想いに、なんとか近づいてみたいと考え、この作品をはじめさせていただきました。

天下人となった家康は、頭上の重石を取り払うことに成功しました。しかし、あまりにときが経ちすぎていた。いかなる権力者でも過去をやりなおすことはかないません。失ったときを取り戻すために、家康がしたことはなにか。

筆力のなさで終わりきれませんでしたが、お読みくださった方々に少しでも興味をお持ちいただければ望外の喜びです。

平成二十一年六月

上田秀人

解説

縄《なわ》田《た》一男《かずお》
（文芸評論家）

今年二〇〇九年、上田秀人ファンは、ますます、この優れた書き手の動向から目を離せなくなってきた。

まずは、『この文庫書き下ろし時代小説がすごい！』（宝島社刊）で、〈奥右筆秘帳〉シリーズ（講談社文庫刊）がベストシリーズ20の堂々第一位にランキングされたのをはじめとして、初の単行本書き下ろし第一作『孤闘・立花宗茂』（中央公論新社刊）が上梓《じょうし》されたのである。

この作品、副題に〝立花宗茂〟とあるように、主人公は見ての通り。しかしながら、意味深長なのは題名の『孤闘』である。権謀術数の鬼ともいうべき、大友家の臣・戸次《べっ》道雪《きどうせつ》のもとへ養子に入るも、ただ己れの血筋のみが必要であったことが判明して以来の宗茂の苦悶。さらに妻・誾千代《ぎんちよ》と大友家の秘事をはさんでの神経をすりへらすような日々。なじまぬ家臣等々――。

物語は、宗茂が己れの心の中に生じた孤独をどのように飼い馴らし、どう乱世を生き抜いたかの記録である、といえよう。

ここには、治乱興亡の戦国期を現代的視点でとらえるような似非《えせ》ヒューマニズムは微塵もない。将たる者は、勝つためにいかに効率よく兵を殺すか、或いは、その死を意義あるものとして飾り立ててやれるか、でその資格が問われる。

およそ戦国武将を描いた作品で、本書ほど主人公の内面を掘り下げたものはなかった、といってもいいのではあるまいか。その葛藤のさまは、数ある合戦場面より凄まじいくらいである。

読み終わって「主君とはこれほどまでに、孤独なのか」という宗茂のことばが、いつまでも耳朶《じだ》からはなれない。

結論をいえば、単行本第一作は、その出来栄えにおいて見事な成功を収めた、といっていいだろう。そして、通りいっぺんのことばでいえば、上田秀人の新境地――ということになるかもしれない。

しかしながら、この一巻は、作者の文庫書き下ろしシリーズ、たとえば前述の〈奥右筆秘帳〉シリーズ、あるいは、〈三田村元八郎〉シリーズなどが面白いのと同様に面白いのであり、作者が単行本であるから全力投球し、文庫書下ろし作品だからペースを落とすなどという不誠実を決してしない書き手であることは、読者諸氏は既に、充分、御承知のことであろう。

そして思う――。一人の作家が読者に対する誠実さを忘れることなくペンをとるとき、文庫書下ろしと、単行本書下ろしの差はどこにあるのか、と。少なくとも上田秀人の場合、どんな媒体であっても常にあらゆる手を尽くして読者を愉しませることに全力を傾けていることはいうまでもない。

それは、前述の『この文庫書き下ろし時代小説がすごい！』に収録されているインタビュー（聞き手・榎本秋）での〝苦労を乗り越えて書く原動力とはなんでしょうか？〟という問いに対する次なる答え（冒頭の正直さには思わず微笑えましくなる）からも明らかであろう。すなわち、

「自己顕示欲でしょうね。自分の作品が本屋の平積みになってるのを見る、あの快感はやめられません。自分の名前が活字になるってだけでも嬉しかったですからね。昔は楽しみで書いてましたけれど、今はもう楽しくないですから。自分が楽しむのではなく、苦労しないといけない。読んでくださる読者の方々に楽しんでもらわないといけないので。趣味で書いてるっていうのは失礼な話ですからね。ただで配ってるんだ

ったらいいですけど、お金をもらうので、趣味にしてはいけないと思ってます」（傍点引用者）である、と。

このインタビューを読んだ時、私は嬉しくなってしまった。上田秀人は正しくホンモノの作家だ。なぜなら彼は、いちばん重要なことを知っている——つまり、作者が最も苦労した箇所が読者にとっては最も面白い箇所である、ということを。傍点部はそれを表わしていよう。

そして、次は残念なことに、『勘定吟味役異聞』（光文社文庫）と『織江緋之介見参』の両シリーズが完結してしまった。だが、お嘆きあるな。ここに新たにスタートを切ったのが本書『神君の遺品』を第一弾とする〈目付　鷹垣隼人正　裏録〉シリーズである。

物語は、主人公・鷹垣暁が将軍綱吉お声がかりで目付の役につくところからはじまる。暁は、林鳳岡のもとで筆頭だったことがあり（これがもう伏線なのだから憎いではないか）、綱吉から隼人正の名のりまで賜わることになる。これがTV《テレビ》の三流時代劇なら、葵《あおい》の印の脇差か何かを頂戴し——というようにでもなるのだろうが、勿論、上田秀人がそんな安易な展開をするはずもない。

目付に着任早々、暁が対峙せざるを得なかったのは、駿府勤番の折、神君家康の宝物を持ち出したとして、一家ことごとく斬首の憂き目に会うことになった、金森帯刀とその家族の惨死である。

敵を倒すことが名声や出世につながる戦国の世から、人を殺すことが罪となる太平の世へ——その中で、侍《さむらい》が家を守る唯一の手段は堪忍することでしかない、と作者は説く。およそ、徳川三百年の歴史の中で、理の立つところで腹を切った侍が果たしてどれほどいたであろうか。どんな理不尽な状況にあっても彼らは従容《しょうよう》として死に臨んだ。また、だからこそ、四民の頂点に立つことも出来たのではあるまいか。

だが——。

暁は理不尽な死を許すことができない。前述の『孤闘・立花宗茂』のような乱世ならいざしらず、何故、いま屍の山が築かれねばならぬのか。そして暁の義兄・五百旗平太郎の語る「暁は、頭がよすぎたのだ。だから剣の持つ狂気にあきれ、恐れ、そして離れた。もう身体が固まってしまったゆえ、いまさらどうにもならぬが……天賦の才となれば、暁は俺より上ぞ」という、その特異な資質は太平の世を生きる侍の矛盾、そのものの具現化ではあるまいか。

そして、暁が金森の死の背景をさぐりはじめたとたん、彼の周囲にはキナくさい臭いが立ちこめ、徳川の抱える闇が立ちはだかる。

そして、解説から先に読んでいる方は、もうここからは是非とも本文の方を先に読んでいただきたいのだが、上田秀人の小説作法で驚嘆するのは、例えば、旗本の暮らしなど細部のディティールをリアルに描く一方で、史実の要諦を踏まえつつ、加速度的にふくらんでゆく伝奇的要素——といっても、それが極めて現代的な政争でもあるのだが——の凄まじさであろう。

本書においても、それは、大老堀田正俊刺殺にはじまり、五代将軍継嗣《けいし》にまつわる政争、果ては、私たちも、充分、心得ている春日局をめぐる挿話の中から浮かび上がる、信じ難い事実、さらには林家や寛永寺が秘めた謎として次々と提出され、そして、それらを解くために、暁らは久能山へ赴く。

さらにこれらのストーリーを繰り出す中で、作者は思わず、チャンバラファンがニヤリとするような会話や設定を惜し気もなく描いてゆく。たとえば、肚をくくった暁を平太郎が訪ねていう台詞、「見物に来たのよ。覚悟を決めた武士の顔をな」。そして、浪人の使った刀をめぐる会話、「定寸じゃなさそうだ」(傍点引用者)等々。こういうちょっとした台詞やいいまわしがたまらないのだ。ましてや、上野寛永寺慈眼衆の登場とあっては、これは劇画『子連れ狼』の黒門堅《くろもんがた》め煙《けむり》止《ど》め衆《しゅう》など特異な名称を持った刺客集団の登場と同様の興奮をチャンバラファンにもたらすに違いない。

そして嬉しいことに、暁の前に立ちはだかる敵が、徳川の闇は一つや二つではない、といっていることだ。となれば、このシリーズ、暁がその闇を次から次へあばいていく物語となるに違いない。当然、その闇は、今後史実とどう絡んでいくのか、見どころは盛り沢山というべきであろう。お世辞抜きで、家康絡みの時代小説でこれほど読者を興奮させる作品は、隆慶一郎『影武者徳川家康』以来である、と断言しておこう。

そんな快作にも唯一つ、問題がある。それは編集部によれば、続篇が刊行されるのが、来年二月であるとのこと――。

そんな殺生な、待てない、絶対、待てない、頼むから一日でもはやく続篇を。恐らくこの一巻を読んだすべての読者の思いを、不肖、私が代弁して、この解説を終えさせていただきたいと思う。

光文社文庫

文庫書下ろし／長編時代小説

神君《しんくん》の遺品《いひん》　目付《めつけ》鷹垣《たかがき》隼人正《はやとのしょう》 裏録《りろく》(一)

著者　上《うえ》田《だ》秀《ひで》人《と》

2009年7月20日　初版1刷発行
2016年6月25日　11刷発行

発行者　鈴木広和
印刷　堀内印刷
製本　ナショナル製本

発行所　株式会社　光文社
〒112-8011　東京都文京区音羽1-16-6
電話（03）5395-8149　編集部
8116　書籍販売部
8125　業務部

ISBN978-4-334-74623-0　Printed in Japan

組版　萩原印刷

お願い　光文社文庫をお読みになって、いかがでございましたか。「読後の感想」を編集部あてに、ぜひお送りください。

　このほか光文社文庫では、どんな本をお読みになりましたか。これから、どういう本をご希望ですか。

　どの本も、誤植がないようつとめていますが、もしお気づきの点がございましたら、お教えください。ご職業、ご年齢などもお書きそえいただければ幸いです。当社の規定により本来の目的以外に使用せず、大切に扱わせていただきます。

光文社文庫編集部

光文社時代小説文庫　好評既刊

江戸橋慕情　稲葉 稔
親子の絆　稲葉 稔
濡れぎぬ　稲葉 稔
こおろぎ橋　稲葉 稔
父の形見　稲葉 稔
縁むすび　稲葉 稔
故郷がえり　稲葉 稔
剣客船頭　稲葉 稔
天神橋心中　稲葉 稔
思川契り　稲葉 稔
妻恋河岸　稲葉 稔
深川思恋　稲葉 稔
洲崎雪舞　稲葉 稔
決闘柳橋　稲葉 稔
本所騒乱　稲葉 稔
紅川疾走　稲葉 稔
浜町堀異変　稲葉 稔

死闘向島　稲葉 稔
どんど橋　稲葉 稔
みれん堀　稲葉 稔
おくうたま　岩井三四二
光秀曜変　岩井三四二
甘露梅　宇江佐真理
ひょうたん　宇江佐真理
彼岸花　宇江佐真理
夜鳴きめし屋　宇江佐真理
幻影の天守閣　上田秀人
破斬　上田秀人
熾火　上田秀人
秋霜の撃　上田秀人
相剋の渦　上田秀人
地の業火　上田秀人
暁光の断　上田秀人
遺恨の譜　上田秀人

光文社時代小説文庫　好評既刊

流転の果て　上田秀人
女の陥穽　上田秀人
化粧の裏　上田秀人
小袖の陰　上田秀人
鏡の欠片　上田秀人
血の扇　上田秀人
茶会の乱　上田秀人
操の護り　上田秀人
柳眉の角　上田秀人
神君の遺品　上田秀人
錯綜の系譜　上田秀人
幻影の天守閣（新装版）　上田秀人
夢幻の天守閣　上田秀人
風の轍　岡田秀文
応仁秘譚抄　岡田秀文
半七捕物帳 新装版（全六巻）　岡本綺堂
影を踏まれた女（新装版）　岡本綺堂

白髪鬼（新装版）　岡本綺堂
鷲（新装版）　岡本綺堂
中国怪奇小説集（新装版）　岡本綺堂
鎧櫃の血（新装版）　岡本綺堂
江戸情話集（新装版）　岡本綺堂
蜘蛛の夢（新装版）　岡本綺堂
女魔術師　岡本綺堂
女賞金稼ぎ紅雀 血風篇　片倉出雲
斬りて候（上・下）　門田泰明
一閃なり（上・下）　門田泰明
任せなせえ　門田泰明
奥傳夢千鳥　門田泰明
夢剣霞ざくら　門田泰明
汝薫るが如し　門田泰明
冗談じゃねえや（特別改訂版）　門田泰明
大江戸剣花帳（上・下）　門田泰明
奴隷戦国1572年信玄の海人　久瀬千路